澤田和弥句文集

Sawada Kazuya

東京四季出版

澤田和弥句文集◆目次

【俳句作品】
第一句集『革命前夜』　9
俳句の真の前衛たれ　有馬朗人　11／青竜　16／修司忌　20
朱雀　21／白虎　25／玄武　29／あとがき　34
早大俳研　37
天為　47
週刊俳句　99
第四回芝不器男俳句新人賞　応募作品　121
のいず　129
若狭　135
【随筆・評論】
寺山修司における俳句の位置について　143
或る男・序詞　144

鉛　筆　149
有馬朗人第一句集『母国』書誌学的小論　154
結論は俳句です（一）　168
結論は俳句です（二）　173
俳句実験室　寺山修司第一幕　178
俳句実験室　寺山修司第二幕　179
俳句実験室　寺山修司第三幕　181
俳句実験室　寺山修司第四幕　182
父還せ　寺山修司「五月の鷹」考　184

みかんのうた　髙柳克弘　205
あとがき　渡部有紀子　209
初句索引　211
特に厚く御支援いただいた方々　228

装幀
髙林昭太
装画
森島中良
『紅毛雜話』(1787年)から

澤田和弥句文集

作者が故人であることを考慮し、本句文集への作品掲載については、俳句は原則修正いたしておりません。また、随筆・評論については、誤字や文法上の明らかな誤り以外は修正せず、作者が生前に著した初出での表現を尊重いたしましたことをお断りしておきます。

（『澤田和弥句文集』出版発起人）

俳句作品

第一句集『革命前夜』

句集……革命前夜《かくめいぜんや》
著者……澤田和弥
発行日……二〇一三年七月十三日
発行者……島田牙城
発行所……邑書林《ゆうしょりん》
印刷・製本……モリモト印刷株式会社
用紙……三村洋紙店
定価……本体二千四百円（税別）
装画……伊藤賢士「女の人」
撮影……大西暢夫

俳句の真の前衛たれ

句集『革命前夜』は澤田和弥君の第一句集である。和弥君は中学校時代に寺山修司の短歌に衝撃を受け、修司に心酔し、早稲田大学に入ったという。この句集にも「修司忌」を季語とした二十句の連作「修司忌」という一章がある。この連作は、

革命が死語となりゆく修司の忌

から始まり、

海色のインクで記す修司の忌
船長の遺品は義眼修司の忌
預言者の真黒き瞳修司の忌
折りたたむ白きパレット修司の忌

などの佳句がある。私はこの中でも第一句の革命の句が好きで大いに誉めたことがある。この「革命前夜」という意欲的な句集名はこの句に依るとのことである。「革命前夜」に青年らしい大きな意欲がこめられていて頼もしい。この句集には著者らしい野心的な俳句、実験的俳句が多く収められていることを私は評価している。

和弥君は浜松北高等学校を卒業した。実はこの高校の前身は私の母校旧制浜松第一中学校である。和弥君の同級生に髙柳克弘君がいて、二人は揃って早稲田大学で学んだ。そのような縁から、私はこの二

人に大いに注目している。私は東京大学本郷句会で和弥君に初めて会って、和弥君の優れた詩精神に着目した。その後和弥君は二〇〇六年「天為」に入会、二〇一〇年には同人になった。今年二〇一三年には「天為新人賞」を受賞している。和弥君の俳句のみならず、様々な文学評論、特に寺山修司論等々での活躍が、新人賞作家に選んだ理由である。

『革命前夜』は五章から成っている。第一章は上述した「修司忌」である。第一章は「青竜」、第三章は「朱雀」、第四章は「白虎」、そして第五章は「玄武」である。それぞれの章にはその章名が表す春夏秋冬の作品が収められている。このような構成にも和弥君の詩精神に溢れた意欲が込められている。

それぞれの章より私が特に着目する句を書き出してみよう。先ず「青竜」より、

薄氷や飛天降り立つ塔の上

シスレーの点の一つも余寒かな

卒業や壁は画鋲の跡ばかり

咲かぬといふ手もあつただらうに遅桜

記紀に載らぬ神を拝する花の里

などに注目する。

二句目のシスレーの句には、和弥君が早稲田大学・大学院で学んだ美術史の影響が見られる。また飛天の句や記紀の句には、早稲田大学の学部での卒業論文の研究対象に法隆寺の金堂釈迦三尊像を選んだことに示される大和への思慕や、早稲田大学の後國學院大学で勉強した神道体験の影響が見られる。このように和弥君は実に様々な勉強を積んでいる。

この「青竜」の章のみならず、この句集には青春時代らしい希望があり抒情がある。また青春の鬱があり、反抗心がある。時に挫折感が詠われている。

「朱雀」を見てみよう。

短夜のチェコの童話に斧ひとつ

ひよんの笛吹きて青年さびしからず

ハンカチ一枚アラビアのロレンス

地より手のあまた生えたる大暑かな

などからは、著者らしい抒情性、鋭い感覚が読みとれる。特に地から手が生えるという感覚が面白い。

羽蟻潰すかたち失ひても潰す

には青年らしい鬱々とした思いがあり、

時の日や寿司屋一代限りとす

には祖父、父と続いて来た家業を継がぬことへのコンプレックスがある。

「白虎」の章の、

奇術師の脱出できぬまま厄日

満月の村に伝はる子守唄

月光に蘇我一族の火を放つ

上弦の月の真下のタンゴかな

秋風やモンドリアンの白に黄に

などにある詩的感覚が佳い。

冷やかに傷を舐め合ふ獣かな

には鋭い観察の目が働いている。

「玄武」の章の、

手袋に手の入りしまま落ちてゐる

にも、この鋭い目が生きている。

星ひとつ冴ゆる真下のすべり台
信号の赤いきいきとクリスマス

の写生、

狐火は泉鏡花も吐きしとか
節分の鬼となりても腰低し

のユーモアもなかなか佳い。

祖父板前父板前僕鎌鼬

にはやはり祖父・父よりの家業を継がないというか、継ぐ力の無いことに対する自虐心が屈折して表されている。

和弥君は溢れるような詩精神と、多くのことに目を向ける好奇心を持っている。一方この句集の隅々にも現れるように、あまりにも繊細な気持をもつ若者である。寺山修司に心酔し詩歌の革命を目指す力強さと、障害を持つ子どもたちや自閉症の人々に同情する優しい心を持っている。この優しさのため、和弥君自身、時に内に籠ってしまうことがある。私はこのような和弥君の優しい心根を愛しながらも、和弥君が寺山修司のような力強さや野性、そして徹底した前衛的な強い精神力を持って活躍してくれることを切に願っている。私は和弥君が現代俳句において真の前衛とは何か、真の革命とは如何なるものかをつきつめて考え、自らの信念に従って前進して行って欲しいのである。

澤田和弥君がこの『革命前夜』をひっさげて俳句にそしてより広く詩歌文学に新風を引き起こしてくれることを心より期待し、かつ祈りつつ筆を擱く。

二〇一三年六月四日

静岡県立文芸大（浜松）理事長室にて

有馬朗人

青竜

故郷の桜の香なり母の文
辞書を手に洋書繙く逍遥忌
半島に銃声響き冴返る
拘置所の壁高々と雪の果
中年の女を愛す余寒なり
冴返るラスプーチンの伝記より
つめながきほとけ飛鳥に浅き春
薄氷や飛天降り立つ塔の上
冴返る五重塔の四方に扉
神像は若き僧形春霙
シスレーの点の一つも余寒かな
鳥雲に盤整然とチェスの駒
春霜の話を祖母はくり返す
針魚を細く細く焼き上げにけり
味噌汁の味噌沈みゆく余寒かな
歴史家の大きなルーペ春寒し

左見て右見て建国記念の日
うららかな光漏れくる化粧室
恋猫の声に負けざる声を出す
細き煙草細き女の春ショール
階段昇る春灯を仰ぎつつ
遠く遠く眺めてをれば暮遅し
春の夜来る缶ビール空く前に
春風を追ふ春風の中にゐる
壊れてゐたる少年の風車
空缶に空きたる分の春愁
このなかにちりめんじやこの孤児がをり
親一匹蝌蚪万匹の反抗期
風船を割る次を割る次を割る
蛇穴を出で馬鹿馬鹿しくなりけり
箸割つて箸の間を春の風
卓袱台を春の畑の真ん中に
春雨や蜜沈みゆくヨーグルト
初花のうしろめたくもありにけり

放課後の教師種芋選りにけり
卒業や壁は画鋲の跡ばかり
号泣の親の肩抱く卒業子
尼寺の春の仏の長き腕
春宵の仏教美術史学者かな
白鳳のほとけの眉や花菜雨
佐保姫は二軒隣の眼鏡の子
恋人の臍縦長に花の雨
接吻しつつ春の雷聞きにけり
永き日の裸のままの二人かな
佐保姫の髪の香りに眠りけり
チューリップ植ゑて結婚する予感
花冷や薄墨の書の届きたる
咲かぬといふ手もあつただらうに遅桜
春愁のメールに百度打つわが名
陽春や路傍の石が全て笑ふ
耕や旧姓で呼ぶ人とゐて
春愁は指の届かぬ位置にあり

椿拾ふ死を想ふこと多き夜は
四面飛花細く短き祖母の脚
見向きもされず春愁の椅子がある
記紀に載らぬ神を拝する花の里
ダイニホンテイコクケンパウ花菜漬
おばあが来たり陽炎より来たり
木の匙ですくふ黄金の雲丹の山
ずつしりと軽きレタスを選ぶなり
戦争を知らぬ世代の草の餅
麦秋や火は文明の野に放ち
水草生ふ母つよき人もろき人
啄木忌落ち着きのなきわが履歴
夏近し廓の跡の先に海
告知祭爪先はシャンパンゴールド
憲法記念日くるぶし高々と
神の声聞きて暮春の道戻る
或る蝌蚪は親分面をしてゐたり
何もかも他人が決める春の果

修司忌

革命が死語となりゆく修司の忌
海色のインクで記す修司の忌
修司忌や鉛筆書きのラブレター
修司忌や切れたるままの糸電話
灰皿より煙たわわに修司の忌
修司忌やhを読まぬフランス人
男娼の錆びたる毛抜き修司の忌
船長の遺品は義眼修司の忌
修司忌の黒目の白き女かな
外つ国の硝子の目玉修司の忌
ハーメルンの笛吹き男修司の忌
預言者の真黒き瞳修司の忌
廃屋に王様の椅子修司の忌
修司忌や火に包まるる星条旗
鉄球が山荘壊す修司の忌
鉛筆は墓なり轟轟と修司の忌

空色のTシャツを手に修司の忌
五月芳し修司忌の扉を叩く
折りたたむ白きパレット修司の忌
修司忌へ修司の声を聞きにゆく

朱雀

若葉風死もまた文学でありぬ
或る人に嫌はれてゐる聖五月
とびおりてしまひたき夜のソーダ水
伽羅蕗や豊胸手術でもするか
短夜のチェコの童話に斧ひとつ
東京に見捨てられたる日のバナナ
母の手に届かぬカーネーション買へり
五月のとんかつからつと揚がりけり
新妻のきつぱりしたる祭髪
時の日や寿司屋一代限りとす
新幹線迅し水虫は痒し
本来はサイダーを出すタイミング

内科外科小児病棟みな葉桜
悪口のなんと楽しき生ビール
板橋区上板橋がさみだるる
口中は鰹の海となりにけり
黒幕がバナナ咥へて立ち去りぬ
太宰忌やびよんびよんとホッピング
表象としてなめくぢのぬつたぬた
父の日の静かに注ぐビールかな
梅雨明けの女のゆるきワンピース
子に足を踏まるる軽さ半夏生
平凡の凡が涼しき顔したり
夕立にいきなり透ける肩の紐
夕立風駅は戦後のごとく混み
美しき老女のごとし泉わく
ひよんの笛吹きて青年さびしからず
夏の星飛鳥に皇子のありし頃
ハンカチ一枚アラビアのロレンス
ずつしりと透けてをるなり心太

行水の子を抱く腕の黒光り
密漁の友たくましや沖膾
ハンカチにおやつ包みて帰る子よ
話し声聞く真夜中のプールより
茄子漬や母が捨てたる男など
紛争のネパール国境裸子遊ぶ
結婚を打ち明けられし生ビール
蜘蛛の囲にまこと愚かに捕へられ
プール嫌ひ先生嫌ひみんな嫌ひ
正義の味方仮面のみにて裸
かの胸は簡単服に収まらず
子どものちんぽ輝く夏休み
S極がS極嫌ふ極暑かな
涼風に吹かれ罪人に投石
地より手のあまた生えたる大暑かな
焼跡より黒き跣足の見えてゐる
羽蟻潰すかたち失ひても潰す
生前のままの姿に蠅たかる

蟷螂の鎌振り上げて何も切らず
劇場に炎暑の影を喪失す
水着の子親ふりきりて飛び込みぬ
炎昼の闇を抱ふる青果店
颪死すや万世一系なる鷗
新宿や果てなく唸る冷蔵庫
胃から金魚出して道化のショー終はる
颪死してハチ公はまだ待つてゐる
原罪として鯰は沈みけり
冷麦のあとの単なる氷水
宣教師冷し中華を食べてゐる
日盛やチャーハンにつく紅生姜
幽霊とおぼしきものに麦茶出す
水泳帽よりちくちくと毛が飛び出す
をばさんがをばさんとゐる暑さかな
夕焼に一点サン・テグジュペリの機
蟬たちのこなごなといふ終はり方
夜の秋古きノートに五賢帝

六角のグラスに注ぐ麦茶かな
大正の頃の晩夏が澄んでをり
百畳の一畳に寝る秋近し
夏果てて高圧線の巡る町

白虎

失恋日颱風遠く出現す
空に鉛筆突きさして残暑なり
立秋やカツ丼のカツしんなりと
はつあきや旅行ガイドに黄の付箋
サンダルに石入り込む残暑かな
母も子も眠りの中の星祭
台風や父に馴染まぬ処世術
終戦を残暑の蟬が急かすなり
香水を変へて教師の休暇明
便所より演歌聞こゆる残暑かな
さはやかに洗ひながすよ不浄の手
長老が小僧演ずる村芝居

奇術師の脱出できぬまま厄日
秋めくやいつもきれいな霊柩車
よその子がぶさいくになり涼新た
秋水や遠州弁を母語とする
蜘蛛の囲に蜘蛛の屍水の秋
丁寧に秋のビールを注がるる
Ａ・Ａと真青き刺繡星涼し
網目より漏れたる星の流れゆく
彼の人に麒麟の翼大銀河
真つ白や月の光を吸ふ少女
月も星も涼しい今日はパパの絵本
流星やへにやんと曲がる抱き枕
月光痛々しわたくしは女豹
母国いま戒厳令の星月夜
満月の村に伝はる子守唄
くろがねの樋流れゆく秋の水
お互ひに本名知らず秋風鈴
金堂の眠る守衛に秋の蠅

灯火親し友と分け合ふ安き酒
握手をしませう秋刀魚の特売日
村上龍村上春樹馬肥ゆる
松茸をマッシュルームと呼ぶカナダ
いにしへの悪書重ぬる秋夜かな
金秋の燕尾服からたまに尻
秋天に雲ひとつなき仮病の日
流星に真実を告ぐ嘘も告ぐ
月光に蘇我一族の火を放つ
マネキンの乳房小さし草の花
上弦の月の真下のタンゴかな
秋風やモンドリアンの白に黄に
大空と漁夫とタオルと蜻蛉なり
秋うらら寿司を食へざる寿司屋の子
松茸を食ひしつもりの帰路につく
長き夜の店主べろべろにて閉店
秋麗やベンチに小さき切手帳
世界地図拡げて秋刀魚この辺り

金秋をぼこぼこうまし豆大福
秋分の息吹のごとし路地の風
雲水の書は豪快にばつたんこ
独り身の宮司に鯊を届けたり
老教師ぼそぼそ訛る夜学かな
身に沁むや真白き布を椅子に敷き
灯火親し死して詩人のダンディズム
子規知らぬ女うつくし獺祭忌
金秋や蝶の過ぎゆく膝頭
鹿の群塔の裏へと走り去る
父少し猫背がちなる秋の暮
知らぬ子に夫を貸しけり運動会
冷やかや頭に旗を立ててゐる
廃墟より人のにほひの冷やかに
冷やかに傷を舐め合ふ獣かな
金秋や眠き形に椅子の脚
黄落や千変万化して故郷
深秋や本に二つのバーコード

眠る母に冬近きこと告げにけり
シンバルのどひやんどひやんと秋行きぬ
行く秋のゆるやかに来る殺意かな
高西風や復讐劇の幕が開く

玄　武

手袋に手の入りしまま落ちてゐる
蟷螂の轢き殺されしを見て立冬
冬蝿を叩き続けて笑ひ出す
霜月を中島敦の虎は吼ゆ
玄冬の書は整然と家永忌

家永忌　歴史学者家永三郎の忌日　二〇〇二年十一月二十九日逝去
日本思想史　東京教育大学名誉教授

嫁ぎきて冬めく人となりにけり
冬めくや母がきちんと老いてゆく
水門を目指す漣一葉忌
霜降や味噌汁赤き父母の国
名も知らぬ画家の遺品や冬あたたか

しあはせな大きなおなか冬日向
一枚の繪よりはじまる冬の午後
ふゆの川うつくしくさびしく若狭
列島を曲げる越前冬怒濤
枯葉踏む浅瀬に遊ぶ子のやうに
近所の枯野に落ちてゐる表札
短日や旗を降ろせば棒ばかり
昨夜よりも火の番の声嗄れてをり
とりあへず寒きこと告げ酒頼む
宣長に松坂ありて葱青し
冬の夜の玉座のごとき女医の椅子
冬ざれや演者は不意に顔を上げ
気遣ひの男ときどき冬ざるる
枯枝が我を指さしゐたりけり
眼前を大隈侯のインバネス
冬めくや理容室あしながおじさん
冬ざれや口の温度に溶く脂
蒲団よりぞろぞろ人の出できたる

祖父板前父板前僕鎌鼬
短日の指美しき宮司の死
死の床に聖夜の酒をあまた置く
マフラーを形見に貰ふだけのこと
外套よ何も言はずに逝くんじやねえ
マフラーは明るく生きるために巻く
星ひとつ冴ゆる真下のすべり台
信号の赤いきいきとクリスマス
友の友知らぬ人なり年忘れ
年迎ふピエロのやうに踊りつつ
兄少しやさしくなりぬ初茜
元日のママン僕から洗つてよ
言霊のわいわい騒ぐ賀状かな
初日記夫の手による見知らぬ名
いつまでも鉛筆削る事務始
くたくたの白菜投げてくる群衆
大根の箱よ大根より脆し
どぶ板に蜜柑が一つ供へある

切干や伯母の頭が紫に
洟垂らし男の美学語る友
狐火は泉鏡花も吐きしとか
乳房の豊かすぎたる雪女
凍港や町に一つの助産院
葉牡丹や貸衣装屋のバタフライ
マンドリン奏でよ蒲団は干しておく
鉛筆のほのかな甘み寒日和
見よ見よと母の指さす寒夕焼
点滴を連れ寒月は父のもの
寒夜のブルースポケットの足らぬ服
やさしさは寒の味噌汁朝の月
寒晴や人体模型男前
ざくざくと髪切られゆく四温かな
隙間風老女ばかりの居酒屋に
わが家にも裏側のある寒さかな
恋愛に至らぬ二人白子食ふ
節分の鬼となりても腰低し

冬夕焼燃え尽きぬまま消え去りぬ

竹馬の男そのまま家に入る

死神に妻子あるらむ日向ぼこ

ずんべらずんべらと冬の川を板

源兵衛の焼鳥が待つ早稲田かな

ストーブ消し母の一日終はりけり

あとがき

いつも思う。焼身自殺した、沖縄の或る陶芸家の展覧会名を。「僕ハモットツヨクナリタイ」。そう。僕はもっと強くなりたい。十七音の詩型の中で、僕は僕であることを、そして今、ここに生きていることを表現していきたい。僕の句は僕自身にとって、常に奇跡でありたい。

この句集は僕の第一句集です。以前に手書きで一冊だけ「鉄球」という句集をつくりましたが、それはプレ句集としたく思います。この句集が、僕の第一句集です。大学入学時の平成十一年、十八歳のときから、「天為」同人にご推挙いただきました平成二十二年、二十九歳までの拙句です。春夏秋冬各七十句、「修司忌」二十句の計三百句です。これが僕です。僕のすべてです。これが澤田和弥です。

「天為」主宰である有馬朗人先生には、ご多忙の日々のなかで貴重なお時間を割いていただき、身に余るような、あたたかな序文を賜りましたことを心より篤く御礼申し上げます。誠にありがとうございます。先生は僕の太陽です。

有馬ひろこ副主宰をはじめ、「天為」の皆様、とりわけ浜松支部の皆様には日頃より心優しいお言葉をいただき、篤く御礼申し上げます。表紙絵として、作品の使用をご許可くださいました伊藤賢士様、ご父君の登様、ならびに撮影者の大西暢夫様、ご仲介くださいましたアール・ブリュット インフォメーション&サポートセンターの齋藤誠一様、また、この句集を出版くださった邑書林の島田牙城様にはたいへんお世話いただきました。心より御礼申し上げます。

ご助言をくださいました森崎偏陸様、遠藤若狭男様、櫂未知子様、髙柳克弘様、松木洋一様に御礼申し上げます。ありがとうございました。

渡邉昇吾君、玉木洋平君、渡辺鉄平君、矢儀俊也君、粂原悠君、宇野純一君、山田瑠美さん、小楠知佳子さんをはじめとする、多くの友人知人にも感謝申し上げます。僕の人生は君たちのおかげで色彩を得ることができたよ。

あっとほーむ亭のご夫妻、僕の悩み事をいつも聞いてくださり、ありがとうございます。

そして最後に、こんな弱い僕をいつも、どんなときでも、あたたかく見守ってくれる両親、兄夫婦に心から、最大級の御礼を申し上げます。本当にありがとう。あなた方がいなければ、私はここまで生きてこられなかった。ありがとう。本当にありがとう。

澤田和弥

平成二十五年六月十日月曜日　梅雨空見ゆる自室より

早大俳研

記憶

故郷の桜の香せり母の文
虹のぼる新宿駅に人多し
踏みつぶされし蒲公英咲く歌舞伎町
首筋に薔薇のタトゥーの咲きし「ひと」
遠すぎて素直に見れぬ夏の月
洗ひ髪しめりて今日は終はりゆく
夏の月コーヒーカップは冷めぬまま
失恋日颱風遠く出現す
震災忌地は蟻達が這ふばかり
流星や一人称の夜見上ぐ

（「早大俳研」第二集　平成十一年十一月）

二十歳の月

すいすいと鳥飛びこえて冬の山
冬の雷骨と皮までやせてをり
冬の浜足あとつづくまだつづく

冬空に六等星を隠し味
寒月の光我が身を貫けり
月光の寒さ厳しく一人酒
寒月や煙草のけむり空に消ゆ
たはむれに足ふれあひてこたつかな
雪の夜君の背中が遠くなる
初雪や足跡永遠に続きける
山寺に声明響き雪静か
寒月やともに呑まうぞ今日の酒
月寒し室生寺の塔凜と立ち
夜の更けし電話の向かうに雪の降る
年賀状山の向かうの友の顔
ふつくらと赤子の頰や雑煮餅
赤子抱く母の笑顔や新御年
子どもらの競ひてのばす雑煮餅
初笑ひナイナイやすきよ三遊亭
羽根つきのむすめの頰の染むる紅
方言に慣れぬ我をり成人式

恋文の色あせたりし成人式
二度ともう会ふ事はなく成人式
花散りて成人式の風強し

（「早大俳研」第三集　平成十三年四月）

櫻　葬

主なき家の灯や梅の花
咳一つしても無言の六畳間
西行忌櫻の下に死體埋む
行きつけの店の肴やふきのとう
多喜二忌やバイト終はりて吸ふ煙草
隠れ里人間《じんかん》厭ひふきのとう
春雷やきみのメールを削除する
法隆寺金堂釈迦牟尼春之風
花の昼窓開けたまま横になる
辞書片手洋書繙く逍遥忌
神田川さくらさくらの羅のゆれる
花種を蒔いて正午の時報せり

利休忌やマグカップにて緑茶呑む
闇深き路地の奥にて猫さかる
角の無き鹿我睨みつつ姿消す
古書店の軒の燕の糞落つる
宿題の終わりの見えぬ目借時
花なずな一つ供へて地蔵尊
昔見し詩集手にする春の宵
ふらここや〃オトナ〃になりし我こばむ
（「早大俳研」第四集　平成十四年五月）

男の美学

酔ひ覚めのシャワーゆるりと仏生会
筍や髪剃り初めて永平寺
秋の田を薄目に見つめ地蔵尊
虚子の忌の一番風呂の熱さ哉
水墨の滲み大きく梅雨に入る
結び手に飛び込む瀧の静かなり
生ビール泡消えざるをよしとする

紛争のネパール国境裸子遊ぶ
風花に僧侶の読経乱れけり
洟垂らし「男の美学」語る友
（「早大俳研」第五集　平成十五年十月）

男性賛美のための交響曲

筍や男はいつも強くあれ
ラブレターとともに届きし夏の風邪
生ぬるきジャズ聴く昼のビールかな
昼寝覚西本願寺百畳間
業平忌やはな男はよくもてる
歳時記を片手に持ちて青芒
夕日より更に色濃く紅の花
七夕に一瞬のキス君が好き
七夕や浮気相手を抱きしめる
薔薇色に染まりし上着闇に捨つ
（「早大俳研」第六集　平成十七年二月）

母の日に

男勃ちて吾に怒れる冬の湯よ
卑猥なる指先出羽の春短し
紅蒲団上海の人抱きにけり
残れるは髪一筋の蒲団かな
春の湯やつんと反り立つ乳二つ
羅や乙女の腋の二三の毛
梅雨激し迷ひ子たちの親殺し
私生児の舞妓は白きショパンの忌
セクシャラストリエンナーレ秋出水
母の日に母を想ひて自慰耽る
（「早大俳研」第七集　平成十八年二月）

朝顔五句

下を向く朝顔ばかり目に入り
こえだめに白き朝顔咲いてをり
朝顔の咲くも伝ふる人のなく

朝顔の左側には気をつけて
朝顔を愛でたる人の股かをる
（「早大俳研」第八集　平成十八年十月）

ゐる

白帝はすごくおなかが空いてゐる
でき婚に祝辞を述ぶる秋の昼
柿ひとつ剝いてくれたるひとゐる
一語もてわれを愛せよ秋時雨
身に入むや父には通じざる言葉
母がゐるその月光を見つめゐる
中高年諸君月面に穴を掘れ
満月や止まらぬものに猿の自慰
白秋やごみの山よりふと片手
コスモスはこんなに揺れて生きてゐる
（「早大俳研」第九集　平成二十五年十月）

二つ

初萩に未生の吾子を想ふなり
光あれ秋の在所をひとがゆく
道長の腹でつぷりとある夜長
沈没船素風知らざるまま沈む
孤独には呼吸あらざる鰯かな
文法を無視して肥ゆる馬ありけり
いぢめられましたよ鯊日和でした
秋夕焼総天然色ラブホテル
若人の乳首は二つ小鳥来る
初萩や生くとは土の言葉なり
（「早大俳研」第十集　平成二十六年十一月）

天為

「天為集」（「天為」会員欄）

彼岸花枯るるを囲み盛りなり
盲目のピエロの泪中也の忌
浜名湖の鯊を土産に父帰る
銀杏散る吾が学び舎は文科なり
（平成十九年一月号）
万巻の書に積む雪や家永忌
霜月や中島敦の虎がをり
汗流し昇る坂あり松陰忌
トルストイの忌や一杯の強き酒
もう誰も信じはしないロダンの忌
（平成十九年二月号）
息づきし家ぽつぽつと村時雨
白き唇に紅咲かせけり雪女郎
利一忌の猛獣使ひ喰はれけり
薬師寺の黒き佛よ夕時雨

（平成十九年三月号）

枯木道街の名記すマンホール
室咲や今日は紅茶にしませうか
誰も居ぬ部屋に真冬のにぎり飯
枯蔦に逃げ場なくせし蔵ひとつ

（平成十九年四月号）

新明解国語辞典や寒明くる
おもしろきかたちの種を蒔きにけり
キャラメルの黄色い箱や春の昼
景品は種物ばかりの商店街

（平成十九年五月号）

拘置所の壁高々と雪の果
春霜の話を祖母はくり返し
遠く遠く眺めてをれば暮遅し
比良八荒袈裟翻し歩みゆく
木の匙ですくふ黄金の海胆の山

（平成十九年六月号）

憲法記念日くるぶし高々と

灰皿より煙たわわに修司の忌
白鳳のほとけの眉や花菜雨
春雨や蜜沈みゆくヨーグルト
（平成十九年七月号）
勘当の身に蚕豆を二三粒
夏木立ゆくぼろぼろの神学書
アフリカや母に抱かるる裸の子
恋人の得意料理の冷奴
五月のとんかつからつと揚げにけり
（平成十九年八月号）
口下手な父の背中よ夏の風
夏用の喪服に白きリボン結ふ
自由詩のごとく揺れをる夏木立
夏至の母恋し心音の中眠る
胡散臭く「冷やし中華はじめました」
（平成十九年九月号）
短夜を母校ひとところ灯りをり
キリン燃え溽暑を鳥が飛ぶばかり

道の端の猫の屍に蠅たかる
梅雨明けの女のゆるきワンピース
姉の喪のじつとりとして夏の蝶
(平成十九年十月号)
学問に欺かれ喜雨に立ちぼうけ
友が皆スーツ着てをり夏の暮
夏逝きてあまたの牛の眠りをり
天才に囲まれてゐる晩夏かな
(平成十九年十一月号)
ひややかや軽トラックに箪笥積み
古き恋古きペンシル鰯雲
地下鉄に人あまた乗る震災忌
寝転べば千畳敷に秋の蝶
(平成十九年十二月号)
七人の小人の子孫暮の秋
トラックの荷台に子ども秋の昼
酔ひたるゆゑ少しは許す秋の夜
(平成二十年一月号)

喜びも悲しみもなき秋惜しむ
眠る母に冬近きこと告げにけり
歩み遅き母を待ちたる冬はじめ
日本の果てより冬の風来たる
（平成二十年二月号）
点滴を連れ寒月は父のもの
一文字の青いきいきと伊勢うどん
一杯の茶より始まる冬の朝
枯野越え不思議な店の客となる
（平成二十年三月号）
ポスターは寺山修司寒に入る
年守るや老女の部屋に灯りなし
恋愛に至らぬ二人白子食ふ
仕込まれて笊いつぱいの海鼠かな
（平成二十年四月号）
右見たり左を見たり建国日
味噌汁の味噌沈みゆく余寒かな
壊れてゐたる少年の風車

チューリップ植ゑて結婚する予感
どこまでも青どこまでも春の空
（平成二十年五月号）
春川の漣ばかり昼の月
卒業や壁に画鋲の跡ばかり
空缶の空きたる分の春愁ふ
歴史家の大きなルーペ春寒し
鳥雲に盤整然とチェスの駒
（平成二十年六月号）
芽柳や姫の墓石の淡き文字
春の夜の神隠しまたは失踪
賞罰に書くこともなく青き踏む
春塵や目を合はす間もなく愛す
（平成二十年七月号）
夏空の大きすぎたる操の忌
終電車無くなる頃のなすび漬
或る人に嫌はれてゐる聖五月

夏近し廓の跡の先に海
（平成二十年八月号）
焼酎や互ひに恋を重ねきて
水着の子親ふりきりて飛び込みぬ
六角のグラスにそそぐ麦茶かな
満腹まで食べざるものに夏料理
レース着て王妃断頭台へ行く
（平成二十年九月号）
むらさきの舌だんらりと熱帯夜
炎帝やヒンデンブルク号が燃ゆ
夕焼に一点サン・テグジュペリの機
風死すや万世一系なる鷗
（平成二十年十月号）
終戦忌あつけらかんのすつからかん
ダリの画集ピカソの画集明易し
あの国は裏切られぬとサングラス
夜の秋や古きノートに五賢帝
百畳の一畳に寝る秋近し

（平成二十年十一月号）

新涼の茶粥うれしき佐紀佐保路
長老が小僧演じる村芝居
孤塁より笛聞こえくる夜半の秋
気高さよ花野に一人坐す媼
（平成二十年十二月号）

暗き過去より台風の生まれきし
秋の馬弱き者ならここに居る
晩秋や遂に治らず虚言癖
身に沁むや椅子に真白き布をかけ
鹿群れて塔の裏へと走り去る
（平成二十一年一月号）

唇に唇重ねて冬のはじまりぬ
冬帝は向かひのホーム給料日
寒月のほか何もなく何もなし
我が家にも裏側のある寒さかな
冬めくや母がきちんと老いてゆく
（平成二十一年二月号）

ふうふうと頬赤くなるクリスマス
停車場は啄木ばかり寒波来る
冬めくや演者ひそりと歩みだす
気遣ひの男ときどき冬ざるる
徐々に徐々に脳ほどけゆく聖夜かな

（平成二十一年三月号）

遊ぶにも少し疲れし二日かな
恩師から言葉少なき賀状かな
腕通す仕事始の着ぐるみに
ふくよかな背中が揃ふ年始酒

（平成二十一年四月号）

記紀に載らぬ神を拝する花の里
冴返る鬱も返りてペンの先
陽春や路傍の石が全て笑ふ
椿拾ふ死を想ふこと多き夜は
寵姫ゐて国滅びゆく余寒かな

（平成二十一年五月号）

なにもかもわからぬままの余寒かな

階段昇る春灯を仰ぎつつ
春風を追ふ春風の中にゐる
思ひつき程度の春の寒さなり
春寒し真綿のやうな嘘ならば
（平成二十一年六月号）
見むきもされず春愁の椅子がある
春宵や旧姓で呼ぶ人とゐて
春雨や蕊ふる宵の旧校舎
藤盛り琳派のやうな色合ひに
眼鏡して春の女神は裸身なり
（平成二十一年七月号）
若葉風死もまた文学でありぬ
黒幕がバナナ咥へて立ち去りぬ
戦争を知らぬ世代の草の餅
何もかも他人が決める春の果
声明のいづれが亀の鳴く声か
（平成二十一年八月号）
四葩浮かべり瀬戸内の島のごと

話し声する真夜中のプールより
昼寝して早稲田大学文学部
太宰忌のいまだ帰らぬ宮司かな
サングラスなれど間違ひなく師匠

（平成二十一年九月号）

ハンカチや母は言葉を選びつつ
滴りやおきつねさまの奥の院
大いなる樹々に囲まれ夏休み
虹消えて郵便配達夫のバイク

（平成二十一年十月号）

幸せの少しはみだす熱帯夜
昼寝より覚めて覚めざる心地かな
明易し友にあらざる人数へ
語りはじむる炎天の帰り道

（平成二十一年十一月号）

素秋のソファー恋のこと愛のこと
秋めくやいつもきれいな霊柩車
秋立ちぬ涙の跡も似顔絵に

金秋や眠き形の椅子の脚
長き夜の酒はほどほどでは足らぬ
（平成二十一年十二月号）
流星や真実を告ぐ嘘も告ぐ
ガレの燈や秋はしづかにかまびすし
月光に蘇我一族の末路かな
秋麗のベンチに小さき切手帳
（平成二十二年一月号）
黒に黒重ねて冬の池なりけり
水門を目指す漣一葉忌
寄鍋の肉買ふ奴が決まらざる
横文字を使はぬ夕べ能登時雨
一月のまま真白なる古日記
（平成二十二年二月号）
賀状書くほんの少しの嘘を添へ
南座の屋根に人影冬の月
去りてゆく者の真ッ赤な手袋よ
手袋や旧き渾名で呼ぶ人と

手袋を外してつなぐ指輪の手
（平成二十二年三月号）
枯枝が我を指さしゐたりけり
今すぐに声を聞きたき賀状かな
未読書の深き連峰今朝の春
去年今年村の宮司はよろめきて
年明くや美人遠くにゐて消ゆる
（平成二十二年四月号）
つめながきほとけ飛鳥に浅き春
薄氷や飛天降り立つ塔の上
半島に銃声響き冴返る
神像は若き僧形春霙
冴返るラスプーチンの伝記より
（平成二十二年五月号）
或る蝌蚪は親分面をしてゐたる
初花のうしろめたくもありにけり
号泣の親の肩抱く卒業生
うららかな光漏れくる化粧室

朧夜の一億人は皆無名
（平成二十二年六月号）
沖海女の皆豪快に胸を干す
田楽や少しばかりの酒に酔ひ
春雷や胸の内にて人殺め
孟母には御免蒙る月朧
（平成二十二年七月号）
鉛筆の文字次々と修司の忌
革命が死語になりゆく修司の忌
修司忌や切れたるままの糸電話
サーバーに無量のことば修司の忌
修司忌の修司の声を聞きにゆく
（平成二十二年八月号）
ホラ吹きが遠くに座る瓶ビール
さて今日はビールにせむか恋せむか
イカロスに羽は似合はぬ麦の秋
麦秋や火は文明の興亡を

ビール飲むいつも政治を悪く言ふ
（平成二十二年九月号）
秘密などなんにもなくてサングラス
朝焼の海に輝くもの全て
炎帝に大虐殺の記憶あり
滝の上に空あることを忘れをり
夕涼の銀河系より父の歌
（平成二十二年十月号）
東北の入口にをり夏の月
光堂この夏雲を越えゆかば
いぼころり地蔵ありけり大西日
立秋のぺたと廊下を河童の子
（平成二十二年十一月号）
金秋や蝶の過ぎゆく膝頭
万葉の恋文を読む秋半ば
秋澄むや人待つ長き一秒を
秋風へ父のキャッチャーミットかな
秋分の息吹のごとし路地の風

（平成二十二年十二月号）

「天心集」（「天為」同人欄）

ライス

星飛ぶや少し荒ぶる湖の波
幸薄き自伝に栞夜半の秋
月光の溢るるやうに白ワイン
行く秋の麻婆豆腐ライス（大）
秋入日積もる話は居酒屋で

（平成二十三年一月号）

拳

小雪や格子をくぐる風呂の湯気
靴下に穴ぽつかりと達磨の忌
隣人の大き翼よ冬はじめ
冬の日に拳突き上げたるクレーン

月皓皓と粉雪の乱舞かな
（平成二十三年二月号）

ぴいと寝息

二人ゐて身も蓋もなき寒さかな
両替の硬貨がぬくき冬至かな
酢の物の酢を冷ましゐる冬の朝
眠る山ぴいと寝息は鳶の声
適当に猫の名を呼ぶ冬夕焼
（平成二十三年三月号）

親　父

黙契のごと寒月に目を逸らさず
寒き寒き待合室の無言劇
病棟に満つ冬帝たちの呻き
青春のシュンの涙よ冬の星
焼鳥やちりりちりりと親父の手
（平成二十三年四月号）

男気

初蝶の我が血に濡れて飛び立てず
冴返る永田洋子の死に触れて
好色に活けて梅の香満ちゆけり
人去りて人に残しし春の風邪
男気のやうな山葵をおろしけり
（平成二十三年五月号）

深夜未明

初恋のごとく騒がし花粉症
熊楠と酒酌み交はす春の風邪
どこまでも生くるクマムシ朧月
佐保姫に深夜未明の餃子かな
息苦しきまでさくらを仰ぎけり
（平成二十三年六月号）

宇野千代

仲わろきこともうつくし花篝
とめどなく血を吐きながら亀鳴きぬ
宇野千代のごと散るを忘れしさくらあり
むすばれてほどくるやうにさくらかな
春の夜の二の腕やけ嚙んでもええよ
（平成二十三年七月号）

僧院の庭

春愁の内はささ身のやうな色
青年は諸手にいだく夏近し
晩春のカレーうどんはよく跳ねる
水のなかを水泳ぎゆく日永かな
僧院の庭に鳩来る修司の忌
（平成二十三年八月号）

画　鋲

ビックリ箱舌真ッ赤なる桜桃忌
分度器に角二つある梅雨入かな
生唾もともに飲み干すビールかな
炎帝は鍬ふりかぶりゐたりけり
一枚は画鋲が外れ梅雨に入る
（平成二十三年九月号）

咆　哮

背に青野広げ紫煙をくゆらする
蜘蛛の囲に蜂特攻の死を遂げぬ
踏む蟻や孤独と云ふは吾が諱
タイル画に遠く富士見る小暑かな
シャワー浴ぶ死の咆哮を内に秘め
（平成二十三年十月号）

元気です

「ハイ」といふ大き声して草田男忌
どの海も果ては見えざる西鶴忌

夏雲を遠く宇宙は元気です
夜の秋をふつと消し去る乱歩の忌
晩夏バラモンばらばらとバカボン忌
（平成二十三年十一月号）

企んでゐる

写真二枚二枚の写真秋立ちぬ
涼新た青木繁の青しきり
あの眼鏡企んでゐる秋暑かな
ねむき眠りの秋をやはり後悔
上がり目下がり目秋めく日なりけり
（平成二十三年十二月号）

すごいこと

クレーの天使晩秋の一頁
カツサンドじゆんわりと食む秋の昼
秋惜しむ躰を窓へ映しけり
白秋や廊下の果てに美術室

台風がすごいことしてをりにけり

（平成二十四年一月号）

仲良くなる

目玉焼きぐちやぐちやにして冬はじめ

空隅々まで十一月を光り合ふ

小春日はカルボナーラをすすりつつ

会計に五円ばかりを冬の暮

冬晴や人妻ばかり仲良くなる

（平成二十四年二月号）

笞　刑

朝はまづ辛口の酒茎の石

白菜は絶叫もせずひからびる

冬薔薇や笞に愛など宿らざる

絨緞の隅に裸のエトランゼ

わが胸を圧す胸がありクリスマス

（平成二十四年三月号）

一頁目

大部屋の華やいでゐる年始酒
数の子やときに軍歌も聞こえつつ
小説に一頁目の淑気かな
元旦や朱は美しく人の頰
初夢に人がいつぱいをりて邪魔

（平成二十四年四月号）

童　話

東風吹くやグリム童話の猫たちへ
冴返る小鉢の端に練り辛子
春天やぽこぽこと食むドーナッツ
山葵田に魂を寄せ合ふ水と土
亀鳴くを確かに聞きし七軒目

（平成二十四年五月号）

春此処に

大航海時代春雲帆を張りぬ
連山に日の沈みゆく半仙戯
春此処にクロワッサンの渦の中
あたたかや栞に神の娘たち
祖母の訃は大往生と春の朝

（平成二十四年六月号）

ドア

春空の青さを伝へたきばかり
逃水の通り過ぎゆくラーメン屋
春の日を駅ざわめきは透きとほる
春雨をぽたぽた歩く水餃子
春暁へ出社のドアを開けはなつ

（平成二十四年七月号）

浜松まつり

浜松に金剛力の凧あまた
地下足袋の次々過ぐる祭かな

子らそれぞれ祭ラッパを握り締め
幼ナ子もテリアも怯え祭衆
隣町の祭の笛も聞こえけり
（平成二十四年八月号）

垂るる

短夜の千手に千の埃かな
夏の湯や父となりたるひとと入る
こめかみより汗一筋の滝をなす
シャンシャンと手を打つ次はビヤホール
十字架を昇る音符や雲の峰
（平成二十四年九月号）

ほふほふ

大きく頬張るなかのこれは木耳
車前草の花や信徒の家の趾
厚揚げの「厚」ほふほふとビール酌む
酔うてゐる指は金魚の目を追つて

ごきぶりの屍とスペードのエースかな
（平成二十四年十月号）

死者のもの

どの脚も死者のものなる百足かな
赤銅の空蟬なれば血は流す
壁暑し我ら血汐の限り殴る
白靴の黒き部分が動き出す
鏡へと還るものあり明易し
（平成二十四年十一月号）

泣くための

天高し塔に鎌ある法隆寺
秋晴の木槌で叩く和紙の束
泣くための口づけが欲し秋ぐもり
稲妻を閉ぢ込めてゐるわが目玉
冥界のニジンスキーや秋澄みぬ
（平成二十四年十二月号）

月光と颱風

颱風直撃たくさんの笑ひ声
名月は静寂の光暴風圏
月光が颱風を動かしてゐる
魔羅振れど颱風強くなるばかり
月光に吸はるる空の齢かな

（平成二十五年一月号）

遠き過去

初冬のポストカードのマティスかな
冬珊瑚人は脳より生まれくる
女体すでに遠き過去なり落葉焚く
都鳥工事現場の下は土
人の目に光移して初氷

（平成二十五年二月号）

自由である

インバネス怒りは古き老詩人
鉄骨錯綜大地へ冬の雨
母とわが吐息からませ毛糸編む
風花や廻廊の僧すぐに消え
毛布一枚わたしは自由である
（平成二十五年三月号）

すべすべ

猫は猫の国へ去りけり大晦日
読初や粒子超えゆく物理学
わが尻のなんとすべすべ初湯殿
威勢良き数の子を嚙む音なりけり
初夢は狂気の沙汰となりにけり
（平成二十五年四月号）

去る時間

病床の枕は小さし寒の雨
憎しみの冬日が床を侵しゆく

吾も亦鬱王の民寒の雪
春近し闇の向かうの闇を見る
梅見ずに公園を去る時間かな
（平成二十五年五月号）

円きビル

椿落ち地の美しくなりにけり
信号機春の青さとなりにけり
視界から消えて鼻先梅の花
蝶円きビルに沿ひゆく赤黄男の忌
きみといふ裸の春に出逢ひけり
（平成二十五年六月号）

愛し合へ

春昼のこの指とまれ誰でもよい
たんぽぽのわたげのやうな別れなり
抱けば少年無言となりぬ康成忌
紙コップ新たに重ね春惜しむ

革命前夜たんぽぽは地に低し
（平成二十五年七月号）

I Love You

縫ひ閉ぢられぬ夢がありけり修司の忌
忌野忌悪い予感もしやしねえ
男気も女気も浜松まつりなり
春惜しむ「I LOVE YOU」といふ歌に
春は曙初潮の頃の夢に泣き
（平成二十五年八月号）

母　校

豆飯やわが師と母校同じうす
氷水高さ等しくありにけり
ビール呑むわれら早稲田の契りなり
海霧やがて命となりて死となりて
いつまでも戦後終はらぬ米の虫
（平成二十五年九月号）

七彩

七月の炒飯大盛芯まで熱し
唐は三彩金亀子は七彩
レイバウなまぬるしましろきセイシンカ
神々の恋や嫉妬や山滴る
死の死の死の向かうに日傘落ちてをり
（平成二十五年十月号）

秋の蟬

秋蟬の声は希望か絶望か
秋蟬がひとまづ生きてをりにけり
秋蟬やコップに水の満ちてゐて
秋蟬の孤独が群れてをりにけり
これなれば殺せ死なせよ秋の蟬
（平成二十五年十一月号）

教師の髪

東欧にけむり素秋のパステル画
西瓜二つ胸に入れたる男の子
アドリアの光は浮かぶ秋の朝
桜紅葉なり You got Mail!
休暇明教師の髪のわんと増ゆ
（平成二十五年十二月号）

停留所

秋湿少年は巨軀折り曲げて
藤袴脱げば痩身なる乳房
長き夜や母の読書は眠りつつ
花野とは死にゆくひとの停留所
月を背に暗殺請負人カイン
（平成二十六年一月号）

光

菊に黄花有り天平に甍在り
豺獣祭る天球はみな光

霜降の吸ひものに浮く毬麩かな
手錠の手かざす赤軍水の秋
師の声の朗々にして雨月なり
(平成二十六年二月号)

背筋

映画まだ恋はじまらぬ湯ざめかな
人参一本のためのロシヤ銅貨持つ
冬麗や背筋正しき小倉遊亀
狐火は関羽のやうに消えにけり
縣居大人の手すさび花八手
(平成二十六年三月号)

矜恃

初日の出幸福論が枕辺に
礼だけで終はらぬ礼者来りけり
真新しき竹刀の揃ふ初稽古
枯園の皇帝として杖を差す

寒紅や京の女といふ矜恃
（平成二十六年四月号）

ばら色

冬終る冒険好きの少年に
スカーフの糸のほつるる四温かな
愛だけが全てだなんて嘘よ四温
ばら色の頬持つわらべ草城忌
桜満ちて溢るることを赦さざる
（平成二十六年五月号）

黄　色

万物に響きありけり修羅落し
伊勢参詣の強きバスガイド
あたたかくいのちは削るものなりけり
風船の黄色く死んでしまひけり
三陸に三月の波寄するなり
（平成二十六年六月号）

二足歩行

小鼓は蝶の気配を奏でけり
子づくりのための体操チューリップ
転職サイト花守・公僕・皇帝ペンギン
花の昼二足歩行のボク人間
家出のすすめ春落葉止まざるよ
（平成二十六年七月号）

恩讐

はつなつのタオルに拭く手ましろなり
はつなつを恩讐のごと飛行機雲
たまに人殺すことある冷蔵庫
立夏さて殺むるものを探さねば
若葉風翼は巣立つためにあり
（平成二十六年八月号）

水泳帽

労働歌誰も知らざる五月晴
国境侵犯したる蠅なりけり
冷酒汲む隣に夫のゐる女
薄暑光薩摩の殿のエゲレス語
水泳帽金子兜太はまだ生きる
（平成二十六年九月号）

ビール＆麦酒

タスケテタスケテと麦酒を呑んでゐる
運命と違ふビールを呑む女
女難の相ありて麦酒の似合ふ人
ビール酌まむ女は星の数あるゆゑ
七月淋しコインの裏に鷹一羽
（平成二十六年十月号）

飯粒

過去全て消さば秋立つかもしれず
八月の鋏で切れば消ゆる夢

飯粒は残さず食べる今朝の秋
颱風を鳴かねばならぬ蟬ありけり
台風の余韻の風の網戸かな
（平成二十六年十一月号）

匂　宮

初萩や匂宮の掌
花野ひとつ小さきひとつの散華かな
手を眺む啄木よりはさはやかに
地芝居の女神赤子をおぶひつつ
白露や誰も叫んだりはしない世
（平成二十六年十二月号）

腸詰め

ひさかたのひかりの千草束ねけり
紅萩や一つ歯を欠くオルゴール
秋湿やうやく信号機の黄色
茸飯二色を分かち姫御膳

腸詰めに腸の名残や竹の春
（平成二十七年一月号）

聖　書

青年は泣いてこそ佳き冬はじめ
わが居場所木枯のみを目印に
ハロウィンの魔女が呑みほす紅き酒
蓮の骨【戦争】のなき辞書はなし
はつふゆの聖書のやうに頬に触る
（平成二十七年二月号）

或る病者より

泥酔の父あり酢牡蠣土間の上
緊縛の裸を雪に埋めにけり
死に顔に寒紅をさす母ありき
酔ひ醒めて一点見つむ松葉蟹
傷みたる民に少女が笑む冬日
（平成二十七年三月号）

使　者

初富士仰ぐ怒りとは不潔なり
初鳩に薬師の使者の蒼さあり
吾に人の匂ひのしたる井華水
鋼鉄の翼を欲す冬の浜
蒲団とは手強き魔法なりにけり

（平成二十七年四月号）

敬　語

立ち止まることもありけり春の風
龍天に転びても尚そこにひと
父が指せば梅も桃へと変じけり
紅梅や母に敬語をふと使ふ
腹黒き螢烏賊ゆゑ性が合ふ

（平成二十七年六月号）

水

貌鳥へマザー・テレサのたなごころ
朱を勁き月窟廟の椿かな
触れたれば花に素肌のごとき冷え
三鬼忌のひとりは水を売る男
鷹鳩と化して回転木馬を夜
（平成二十七年七月号）

「課題句」（「天為」）

指定された季語を「課題」として詠むページ。会員のみ投句可。
選者は阿部静雄氏、後に西村我尼吾氏

夫の文全部燃やして去年今年
（平成十九年一月号）
パソコンをどなりつけたる女正月
（平成十九年二月号）
金ばかり執着の叔父花八手
（平成十九年三月号）

初暦まづは表紙をメモ紙に
（平成十九年四月号）
旧き良き話に酒と目刺かな
（平成十九年五月号）
苗札をそのままにして植ゑにけり
（平成十九年六月号）
母の日に母の乳房を懐かしむ
（平成十九年七月号）
初夏や頬のこけたる小児科医
（平成十九年八月号）
夕立やこのロープでは切れてしまふ
（平成十九年九月号）
大陸の道に斑猫死んでをり
（平成十九年十月号）
白髪のなびくごとくに鮎の骨
（平成十九年十一月号）
芋の秋きれいな文字の手紙来る
（平成十九年十二月号）

メール消しまた書きだしぬ夜長かな
（平成二十年一月号）
江戸の世の型の欠けたる神の留守
（平成二十年二月号）
老女一人あらむ限りを枯野にて
（平成二十年三月号）
教え子の賀状に硬き敬語かな
（平成二十年四月号）
白菜の山積みにして売られをり
（平成二十年五月号）
夜の雲の地を覆ひゆく余寒かな
（平成二十年六月号）
男娼の脚の毛を剃る日永かな
（平成二十年七月号）
病室の鉄格子抜け南風
（平成二十年八月号）
母に管貫通したる薄暑かな
（平成二十年九月号）

平凡の凡が涼しき顔したる
（平成二十年十月号）
仏身の女体めきたり百日紅
（平成二十年十一月号）
愛し合ふ我らいつしか露の中
（平成二十年十二月号）
芋嵐此処も故郷にあらざりて
（平成二十一年一月号）
冴ゆる夜の人体模型梱包す
（平成二十一年二月号）
外套よ何も言はずに逝くんぢやねえ
（平成二十一年三月号）
焼いて煮て雑煮の餅となりにけり
（平成二十一年四月号）
椿落つ昭和の名残断つやうに
（平成二十一年五月号）
酒尽きるまで寄居虫を語らるる
（平成二十一年六月号）

風船に息入れ少し眺めけり
（平成二十一年七月号）
薫風や句は好き作者は大嫌ひ
（平成二十一年八月号）
前科全て隠して梅雨の傘に入る
（平成二十一年九月号）
片蔭や格子の奥に十王図
（平成二十一年十月号）
新涼や眼大きく若先生
（平成二十一年十一月号）
殺す虫殺さぬ虫もゐて良夜
（平成二十一年十二月号）
晩秋や議事堂前を犬通る
（平成二十二年一月号）
また一人喫煙所去る時雨かな
（平成二十二年二月号）
手袋に手の入りしまま落ちてゐる
（平成二十二年三月号）

書初は太き筆もて愚の一字
（平成二十二年四月号）
戦場に人送る国梅三分
（平成二十二年五月号）
穏やかな字面なりけり野焼とは
（平成二十二年六月号）
花冷や旗の大きくなびく日を
（平成二十二年七月号）
大女優大往生す麦の秋
（平成二十二年八月号）
或る日電車駅を忘れて夏至に消ゆ
（平成二十二年九月号）
脇役を初志貫徹の天道虫
（平成二十二年十月号）
文士二合肴に少し新生姜
（平成二十二年十一月号）
大群の鰯マトリョーシカの中
（平成二十二年十二月号）

新明解国語辞典や寒明くる
霜月や中島敦の虎がをり
トルストイの忌や一杯の強き酒
（平成十九年九月号　二百号記念　会員選集）

曲げる

とりあへず寒きこと告げ酒頼む
酒臭き女ショールのまま崩れ
セーターや相思相愛以下同文
誰ですかこんな重たい大根で
ふゆの川うつくしくさびしく若狭
列島を曲げる越前冬怒濤
（平成二十二年二月号　二十代・三十代作家競詠）

詩　人

饅頭に豆がたくさん秋日和
指先に夢を灯して大銀河
秋天に雲ひとつなき仮病の日

マネキンの一糸まとはぬ花野かな
新聞に闇の多さよ秋うらら
青春の悔いに杭打つそぞろ寒
水澄むや若さ退けたる者へ
縁切らば一生と知れ冬隣
すれ違ふ寒露のシルクハットかな
灯火親し死して詩人のダンディズム
（平成二十二年十月号　天為集巻頭作家〈八月号〉作品）
一戦必勝真白なる夏怒濤
（平成二十二年十月号　天為二十周年記念大会入選作品）

大銀河

黄落や千変万化して故郷
父少し猫背がちなる秋の暮
人類増殖す夜長の足音
秋の星眺め人待つ坂の上
恋人に麒麟の翼大銀河
枯葉踏む浅瀬に遊ぶ子のやうに

（平成二十二年十二月号　新同人作品）

鬱の檻

春愁や溢るるものはみな崩れ
わが部屋は無人なりけり春の風
時計こなごな春昼の明かり窓
魂漏らさぬやうに口閉づ花疲れ
血は川にすぐに溶けこむ花筏
春の蠅われより出でてつかの間よ
春風とすれ違ひたる病かな
わが春灯病みたる口の半開き
春雷や幻覚に異形のパレード
惜春や女医は鉄なる無表情
春疾風心に鬼のうめきつつ
七曜を床に臥したりクロッカス
春の夜の外れしネジは今いづこ
春眠の果ては元気な頃ですか
療養に真ッ赤なイチゴありて膳

春暮るる釘にとめたる腕時計
春惜しむわれを惜しまぬ身をもちて
うすくうすく焼酎を割る昭和の日
修司忌をただ青空の中へ行く
修司忌や深夜未明を貨車の音
これはみなわろき夢なり暮の春
生きてゐることに怯えて立夏かな
突如足下なくなるやうに夏立ちぬ
生も死もどつちつかずの夏に入る
病みてなほ泉の底の都かな
寝床にも夏大空を伴ひ来
テーブルの上のキャベツと夜を怯え
祭終へ祭ラッパの聞こえざる
笑ひ方忘れしままに夏めきぬ
はつなつやわが空中に鬱の檻

（平成二十四年十月号　平成二十四年作品コンクール　第三席）

自選代表八句

遠く遠く眺めてをれば暮遅し
薄氷や飛天降り立つ塔の上
箸割つて箸の間を春の風
男気のやうな山葵をおろしけり
革命が死語となりゆく修司の忌
若葉風死もまた文学でありぬ
行く秋の麻婆豆腐ライス（大）
霜降や味噌汁赤き父母の国
（平成二十五年四月号　第六回天為新人賞）

週刊俳句

週刊俳句「落選展」

妻がをり　平成十九年角川俳句賞応募作品

蛇穴を出で馬鹿馬鹿しくなりけり
船長の遺品は義眼修司の忌
修司忌や火に包まるる星条旗
ハーメルンの笛吹き男修司の忌
修司忌の妻は手紙を推敲す
空色のＴシャツを手に修司の忌
預言者の真黒き瞳修司の忌
貧しさに清らかはなし啄木忌
永き日のわざと忘れし手帳かな
追伸に「子が生まれた」と麦の秋
咲かぬといふ手もあつただらうに遅桜
無銭無職や向日葵に見下ろされ
外せども赤き名残の水眼鏡

夕立にいきなり透ける肩の紐
母の日の花を片手に蕎麦屋行く
チャイムなりけり教室に青嵐
水泳帽よりちくちくと毛が飛び出す
帰省子に吠えたる犬のおじけづく
時の日の一代限りの寿司屋かな
新妻のきつぱりしたる祭髪
金貨一枚沈みゆく泉かな
泉あり老女眠れるごとく浮く
失脚の暴君の墓泉わく
父無言故郷の滝落ちにけり
五月雨や旅館街には旅館の灯
とびおりてしまひたき夜のソーダ水
へなへなに炒められたる茄子のごと
紫蘇の葉に包めぬほどの刺身かな
ゆでたての蚕豆があり妻がをり
夕陽より真つ赤な蟹を食ひにけり
我輩はぬるきビールに手を出さず

六本木にも青黴の生えてをり
火の島の神に捧げるバナナかな
滴りて滴りて帰り道忘れる
夏闇や霊安室のベッド空く
春愁や吾が名を百度タイプする
病葉をほどきて過去を修正す
卓袱台を春の畑の真ん中に
鱵を細く細く焼きあげにけり
佐保姫は二軒隣の眼鏡の子
放課後の教師種芋選りてをり
尼寺の春の仏の長き腕
春宵の仏教美術史学者かな
清和なりシーツ大きくひるがへる
開帳の仏の髪が見えるのみ
太宰忌やぴよんぴよんとホッピング
甘藍を剝ぎて剝がして何も残らず
折りたたむ白きパレット修司の忌
廃屋に王様の椅子修司の忌

男娼の錆びたる毛抜き修司の忌
（平成十九年十月二十八日「週刊俳句」第二十七号）

一塊の肉　平成二十年角川俳句賞応募作品

鉄球が山荘壊す修司の忌
飛龍頭のぽかんと浮かぶおでん鍋
蟷螂の轢き殺されしを見て立冬
寒灯はアジアの小さきラムプより
たらちねの母の蒲団に寝転がる
断崖に竹の根伸びる去年今年
元日のみがきあげたる便器かな
初風呂の兄がなかなか出てこない
何も言はず父が雑煮を食ひ終える
討ち死にを望むがごとき冬の蠅
修司忌の錠剤もろく砕けたり
鮟鱇の吊るされて人めきてくる
ずんべらずんべらと冬の川に板
昨夜よりも火の番の声嗄れてをり

右攻めしラガー左へ駆け抜ける
凍るもの我を睨みて喋らざる
喜怒哀楽激しき父の冬帽子
鮪捌かれ一塊の肉となる
浄土より流れてきたる余寒かな
冴返る五重塔の四方に扉
修司忌や湖渡る間の風青し
ダイニツポンテイコクケンパウ麦の秋
早春の指の先のみ老いてゆく
鳥は帰るのかそれとも逃亡か
ピエタより生るる春雨の光
この蒼き空摑まむと巣立鳥
佐保姫の唇に人さし指入れる
雑炊の卵の黄身の濃きところ
荷風忌の夢より覚めて独りなり
蛇穴を出でて忘れしこと多し
修司忌の廃墟が僕の胎内に
親一匹蝌蚪万匹の反抗期

永き日の裸のままの二人かな
陽炎やドードー鳥は飛べぬ鳥
風葬や蝶近付きて遠ざかる
柳見て母と交はせし二三言
細き煙草細き女の春ショール
昼は子に夜は中年に半仙戯
老人病棟・沈黙・石鹼玉
居酒屋に常連ばかり啄木忌
修司忌やブエノスアイレス午前零時
種選ぶ教師一年目の男
ぶらぶらと足の届かぬ春愁ひ
テーブルにパンの籠置く復活祭
春の海人愛さざる呑み込まざる
泌尿器科皮膚科小児科みな葉桜
水草生ふ母強き人もろき人
初夏に日の丸悲しかろ悲しかろ
水番の叔父と女体を語り尽くす

ねつとりと零るるままに夏の果

（平成二十年十月二十六日「週刊俳句」第七十九号）

教　養　平成二十一年角川俳句賞応募作品

みつば浮かべ一汁三菜とのへり
春昼はシルクハットの中に消え
二月の花嫁忘れ物見つからず
ユトリロの白は哀しき春の雷
ぺつぴよんとごはんですよの鳴く朧
新聞の売り切れてゐる桜草
うららかや珈琲に浮くあいすくりん
フラスコに閉ぢ込めてより風信子
三月のトランプ一枚づつ燃やす
春暁や聖書一節ラヂオより
漱石を十円で売る遅日かな
春の果プレパラートに人の脳
ふらここにキューピー人形立つてゐる
祖父板前父板前僕冬休

嫁ぎきて冬めく人となりにけり
前略の後の枯野は風ばかり
冬めくや理容室よりあしながおじさん
凍港や町に一つの助産院
冬立つや職場の椅子がきゆうと鳴き
喜びは風船を割ることばかり
他人から妻になりたる穀雨かな
まうまうとモツ煮えたぎる春の蠅
春雨や鳩のおちたつ地下広場
恋人のをるもをらぬも猟期果つ
朧夜の画鋲を抜けば闇ひとつ
天網より漏るる滴のふらここへ
春菊の緑瞑想の緑
賽銭の音のさびしき遅日かな
春雷や聖徳太子抹消論
蕗味噌や父怒鳴る夜は静かにす
野遊の思ひ出もなく野に遊ぶ
死神に帰る家あり春の暮

春暁のネクタイ選ぶ背を愛す
指圧師の声遠くなる四月かな
春惜しむ人無きエスカレーターに
やや薄き飲み放題の蜆汁
逃げ水に落ち着きのなき領土かな
陽炎の隙に逃げ込む詐話師かな
白鳳のありやなしやと暮るる春
掌に胸のそつとをさまる春の闇
新人に種選教ゆ老教師
逝く春の後ろ老兵の戦闘機
陽炎越え来るまたもまたも人間
春暮るる腹話術師の独り言
この国に満場一致の桜咲く
春惜しむ本を売りゆく日のやうに
夏近し空に魂集ひ初む
薫風ほどけばちやうどよき贈りもの
肉声の手よりこぼるる修司の忌
教養と言はれて困る夏休み

（平成二十一年十月二十五日「週刊俳句」第百三十一号）

還　る　平成二十三年角川俳句賞応募作品

黒板に長き一線春浅し
箸割つて箸の間を春の風
枕辺に母の文ある朝寝かな
一回りせぬまま窓のかざぐるま
風船の割れしが雨の道の上
椅子の背に忘れられたる春ショール
春の夜のカフェオレふうふうされ困る
ゼッケンに誰も名のなき春の夢
ジャムの瓶空つぽらつぽ春の昼
春泥を転がりまはる教師かな
多喜二忌や革命の灯は遠き国
鞦韆や定年退職後の肉体
薬罐ごと酒をぬくめよヤンシュ来る
恋文をノオトに挾む穀雨かな
ぼろぼろに負けたる猫のなほ交る

恋文を送りし後ののどけさよ
春陰のつうと垂れゆく踵かな
天井のばろばろ揺るる猫の恋
とろとろと肉汁溢れつゝレタス
仮装ではなきも混じりてカルナヴァル
花板の父が摘みたる土筆かな
花冷や血のみ残るる刺身皿
春燈や激しく叩く産科の戸
卒業を一人平熱未満ゐて
相の手のずれはじめたる花の宴
赤き靴飛ばすや夜の半仙戯
三階は男の住み処花まつり
亀鳴くや神に逆らう覚悟して
水に還る数多の命蘆の角
寄居虫が仁義なきまで貝奪ふ
或るときは全て燃えゆく海市かな
わだつみのいろこの宮の酢もづくよ
虚子の忌や全宇宙より降りくるもの

太陽を壊せ春眠にモルヒネを
鳩群れて悲愴が隅に春の雲
切爪に足らざる空の青さかな
のどけさのなんとさびしき空の上
たまに母空を見上ぐる柳かな
春惜しむ振ればカラカラ鳴る缶と
どち風に猿は目を閉づ春の果
舌先のピアス鳴らして暮の春
新聞に死の文字いくつ修司の忌
鳥葬の鳴き声高き修司の忌
修司忌や瞳爛熟して少女
ざんざんと卯波寄せくる伊豆の浜
天草採まつさかさまの日を浴びて
ドライブの果てのしじまよ夜光虫
新緑の底に沈みし船のごと
深々と田植の後の夜空かな
夢どこまでも水車の音色糸蜻蛉
（平成二十三年十月三十日「週刊俳句」第二百三十六号）

草原の映写機　平成二十五年角川俳句賞応募作品

アンテナは何を受けとむ鳥曇
時計塔奏ではじむる春の月
冴返る夜空に眠るやうな蒼
白魚に透けぬ命のありにけり
春浅き空に鉄塔一直線
春めくやカクテル淡きブルーとし
はらはらと散るもの多し仏生会
春愁や絵本の中の王子様
看板のどれもさびしき春なりけり
春風や少女ピアノに伏して泣く
雪虫や病床が今死の床に
春北風や八田木枯亡き後も
針魚食ふ父の激しき咳を背に
梅が香よすでに故人となる未来
春雨や刃先ひとまづパンに向け
雪割や死にたき人がここにもゐる

蒸鰈箸もて殺されし人も
花は常に死につつ生くる西行忌
春寒の股広げれば嬉しがる
彼岸会や二十分から天気予報
海雲渾然一体として人類にはなれず
ふらここや肉親よりも近きは死
白日傘真白きままに遺さるる
花の夜のいとしづかなる死産かな
落つること期待されたる椿かな
さびしさの乳首をつまむ春の宵
亀出でて無能無能とわれに鳴く
ひとつづつ時計を壊す春の月
魔女と書けば鷹女に見ゆる春の雷
卒業や手首の傷を隠しつつ
濃山吹濡れて女の訃報かな
春夕焼骨壺のごと眠りたし
見えぬ目に灯し火かざす修司の忌
修司忌の旅立つ前の鞄かな

どこよりも青き空あり修司の忌
修司忌の眠られぬ夜のオルゴール
修司忌や光の戻る映画館
修司忌の砂丘に落ちてゐる手紙
修司忌の誰もが修司地下酒場
暗転ののち何もなし修司の忌
修司忌を叩き割りたる未亡人
修司忌や時計殺しは月殺し
修司忌や血もて村守る人々よ
くせ強き恋文の文字修司の忌
響きゆく無音のピアノ修司の忌
タロットに首吊る男修司の忌
修司忌の女獄舎に婆数多
修司忌の女裸身のままに吼ゆ
草原に映写機ひとつ修司の忌
革命を捨てし祖国よ花菜雨

（平成二十五年十一月三日「週刊俳句」第三百四十一号）

ふらんど　平成二十六年角川俳句賞応募作品

目つむれば風かすかなり花の雨
空いまも紀元前なる桜かな
里といふ名のみ残りて山桜
養花天葬列半ばよりまばら
耳の裏熱き遅日を過ごしけり
歩く足歩く二本の花月夜
城やがて山となりけり笑ひけり
猊下くつろぎて余寒の白湯ひとつ
万物に響きありけり修羅落し
足跡もなく花守は去りにけり
春夕焼文藝上の死は早し
子が板場走り春夜の独り酒
もうすでに花に生まれてゐる頃か
花冷や日誌に潰す虫その他
井月にさくら好きかと尋ねたし
カーテンよりわづかに春の雲拝む

墨東に端唄聞こゆる花三分
韮やはらかし人妻はさりげなし
蝌蚪群れて親を知らざる者ばかり
眠くなる前から眠し春の昼
精神病んで杖つき歩く花ざかり
やい鬱め春あけぼのを知りをるか
螢烏賊地上に住んでゐて不快
花ですから死んでしまつてよいさうです
復職はしますが春の夢ですが
鞦韆のめがけてきたる側頭部
花満ちて故郷は呪ふべき処
入学のひとりは痰を吐いてゐる
女見る目なしさくらは咲けばよし
春昼は春の昼なり嗚呼死にたし
うららかに蟻を潰してゐるあなた
眼鏡からビーム出したしご開帳
一切無常にて蜆汁おかはり
朝寝とは死罪に値する祖国

おーいと呼べば原発やつてくるぞ飛花
春めきて窃盗多き商店街
虚子の忌の回転寿司の皿詰まる
佐保姫がたとへこの方だとしても
下萌や小野妹子はひきこもる
偶然にルイ十六世と青き踏む
草餅の平安朝のつまみ方
芽柳や喫煙権を行使せよ
半裸にてつくしを摘んでゐる集団
メッセージ性なき風船も飛んでをり
地中より花の宴の残り物
霜くすべむかし玉座にありし人
深海の底に棲みたしぎしぎしと
弥生尽陰口が陰満たしけり
劣情を父も持ちけりあたたかし
ふらんどのひとつは父のためにあり

（平成二十六年十一月二日「週刊俳句」第三百四十三号）

艶ばなし

ママ今日の松茸が大きすぎるよ
じゅんわりと良夜の潤むメンチカツ
月影に裸身さらして無言なる
古酒ちびちびやりて古老の艶ばなし
良夜の妊婦体毛はうつすらと
月が好き俳句に似たるものが好き
朝寒の背に粉はたく楽屋かな
秋日和心音とも秒針とも
天高々としてごはんがおいしくて
爽籟や胸の谷間にボンジュール

（平成二十二年九月二十六日「週刊俳句」第百七十九号）

土筆

ポンポンの籠に散りたる土筆かな

ポンポン　バイクのカブを指す遠州弁

土筆摘む父と初めて知りにけり

土筆摘むとき母悲します父にあらず

さつと醬油土筆煮詰めてゐる無言

摘みて煮て食ふて土筆が糞となる

一本の土筆落ちをり父の跡

（平成二十三年三月二十七日「週刊俳句」第二百五号）

第四回芝不器男俳句新人賞　応募作品

力込めつゝ春のパンティーライン
啓蟄やまづ乾杯のビールから
蝶円きビルに沿ひつゝ赤黄男の忌
春昼のこの指とまれ誰でもよい
抱けば少年無言となりぬ康成忌
タイル画にアドリアの海暮れかぬる
次々と坊主風船もて飛翔
落椿命ひとつを持て余す
こと終へて男娼夢を語る春
あたたかやパパのお嫁になりたしと
のどかなりねこがねずみを追ふはなし
辛夷咲く里よばあばの糸車
椿落ち地の美しくなりにけり
春惜しむ「I LOVE YOU」といふ歌に
忌野忌悪い予感もしやしねえ
縫ひ閉ぢられぬ夢がありけり修司の忌
草原のやうにシャワーのあとの部屋
舞姫の素足に痣のありにけり

朱夏そしてわが詩に恋の多きこと
カルメンのやうにゆらめく金魚かな
助さんに格さんがゐて水羊羹
神様のやうに牛馬を冷やしけり
あまたなる麦酒の果ての校歌かな
薔薇に掛けたる一枚の更紗かな
手をのべて夕立に乳房ありしころ
麦酒呑むためだけそれだけのわたし
海霧やがて命となりて死となりて
長靴は井戸のほとりに髪洗ふ
茄子焼けば真実父は一人きり
人造の胸の谷間を夏めきぬ
よく当たる宝くじ売場より蠅
裸にて大路を踊り来る群衆
梅雨いよいよ激しヴァギナ・デンタータ
桜桃忌薄倖にして不美人な
紫陽花は揺れて何をか絶叫す
生きさるはずもなきわたしが蟻の中

夢に金魚燃えつゝわれを睨みけり
蚊は死してコップの海を漂流す
いちじくや化粧厚くて貧しくて
お花畑生命線は手首越え
栄養の行きわたりたる毛虫かな
夏蝶はほどけぬやうに舞ひ上がる
孔子老子夏めく午後を寝転がる
母ちゃんのやうなトマトをもぎにけり
蜥蜴の尾ぴよこぴよこ動くバカボン忌
知らぬ子の親の名知らず炎天下
七月の炒飯大盛芯まで熱し
遠泳の一人はすぐに立ちにけり
溽暑の缶よりだらだらなるペンキ
列なして蟻を見つむる男たち
炎暑の太陽世界完結して真白
子は跣足アベベも跣足人は死ぬ
レイバウなまぬるしましろしセイシンカ
晩夏光ニュルンベルクに木槌の音

ディスイズアペン秋立つ日なりけり
檸檬一つ神を信ずる者目掛け
鯊釣の家族の横にゐる女
トイレ磨いて台風お迎へ中
ペンキまみれなる残暑の一軒家
終戦忌傷あまたなる魚の口
ゴルゴダの丘を転がりゆく西瓜
今迄は西瓜と呼んでをりにけり
西瓜からグリコ・森永事件まで
西瓜転がりてニッポンの親父さん
また誰か西瓜と話しはじめけり
松茸を入れ忘れたる松茸飯
死に場所を荒野と決むる捨案山子
こほろぎ鳴け鳴け此岸はつまらなかつた
流星や百年経つたら帰つておいで
満月や人形に刺す釘を選る
夜長のピエロに今もレーニン伝
鳩吹や森は突然野に開く

くれなゐの月なればわれ虎を産む
霜降の廊下に女身立たせけり
ゆるやかに道岐れゆく冬日和
火事消えて水むらさきのまゝ流る
外套の襟立て直す帰郷かな
短日やハグも刺殺もできる距離
次の人へマスクを渡す日となりぬ
落涙とならず綿虫となりけり
ショールまとひ知らぬ男に逢ふ時間
頬被電車乗らずに睨みくる
鉄骨錯綜大地に冬の雨
狼として殺されし者の墓
病室を誰も動かぬ寒さかな
数へ日の日誌の端が折れてゐる
休職にボーナスのある今世紀
竹馬の叔父が全く動かざる
サンタクロース結婚指輪してをりぬ
初夢は狂気の沙汰となりにけり

丑三つの雪女より一一〇番
メイド・イン・近所のおばちやんおでん食ふ
スエターの黒き建築家の卵
ねんねこに子もなく話しかけてゐる
寒の夜の翼たたみて自死の人
葉牡丹がやがて胎児となる日まで
氷瀑や数千兆の注射針
人間がこんなにもゐる日向ぼこ
生くる子が首吊る子へとなりし冬
毛布一枚わたしは自由である

のいず

罵り合ふ

山笑ひけりパンティーが丸見えだ
住民はあらかた裸暮れかぬる
野遊のやがて本気となりにけり
佐保姫のしととおぼしき沼光る
放尿のときめきに似て芝桜
朧月階下にものすごく人類
春の田に囲まれてゐる墓場あり
山笑ふ墓三基のみ中腹に
みほとけのしもぶくれなるレースかな
山笑ふ彼方にしづかなるオアシス
クリップがまとまつてゐる春の昼
精液を呑むひととをり蝶の昼
殺戮兵よ暮春はママの膝
死神の腰低すぎる花見酒
暮春の待針に刺されてゐる僕さ
真つ白にフレンチカンカン夏近し

きみの肛門はそろそろ夏ですね
ペコちゃんは仁王立ちなる立夏かな
絵本屋の蒼き絵本に夏きざす
柳川鍋教師最後は罵り合ふ
（「のいず」第一号　平成二十六年上巻）

少女と父さん

豊年やおはぎのやうな目の少女
少女売る燐寸よく折れ雁渡る
冷蔵庫にいつも梨ゐて父と話す
南京豆無類に剛きお父さん
登高の父さんトウショウボーイなり
柏手を月の真下に打ちにけり
満月にぽつりぽつりと家より人
木の実持つひと先頭に家族ゆく
いつまでも運動会に行く途中
放屁虫の輝くままに潰れゐる
色鳥や爪に釘刺す蛮社の獄

サフランや目玉の内のゆるき液
昼顔をよくよく見れば葉緑素
さて今日はサドの夜長を訪ねむと
ふくべにまたがる仙人のやうな人
金秋新宿黒き男の大荷物
捨子花紅白なして萎れをり
うそ寒やペンより重き夫人の掌
水蜜桃過ち無きは愛にあらず
肌寒の孤独の毒に当たりけり

（「のいず」第二号　平成二十六年下巻）

万愚節

短日の診察室の中のこと
マスクから行方不明者名簿へと
冬眠をくるぶしまでの靴下に
枯柳爪先だけが闇の位置
年の暮山凹ませてゐる空気
大寒の雲に必死の白さあり

白梅は飛翔の夢を置き去りに
カルナヴァル自立もできぬまま離職
捨頭巾電話一方的に切る
終点は医療センター立彼岸
突如俗言発する巫女や紫荊
霊犬の馳せ参じけり花の門
青龍に水受く花の天神社
勞ひのやうに花房母に触る
顔のなきアスパラガスと企みぬ
裏切りをにほはせながら野老掘る
レシートの中程にあるふたもじよ
赤富士を金の絵皿に万愚節
種案山子嵐の前のしづけさに
荘厳や春龍胆の道に入る
（「のいず」第三号　平成二十七年上巻）

若狭

裸身

月光に絹めく裸身透けにけり
秋雨に庖丁を研ぐ父の音
大空や男女秋思を語り合はず
千首のごとく曼珠沙華萎る
必要なことも言はざる寿司屋の秋
犬蓼の花やのびのび寝る古墳
ネクタイの色のみ替へて草の花

（「若狭」創刊号　平成二十七年一月）

マスク

冬夕焼一人は二人にはなれない
ひとが来てひとに泣き出す冬の朝
立冬のスピーカーいつまで無音
人生が酒場に似合ふ夜寒かな
パトカーがコンビニにゐる冬旱
どれもこれも要らぬ書はなし煤払

青春の眼もて逆らふマスクかな
（「若狭」第二号　平成二十七年二月）

聖　樹

元旦の歩幅大きくしてゆけり
初東雲勲章のなき肖像画
双六の少女に恋の香りあり
人間に涙のかたち日記買ふ
裸木に倒るることを許せざる
冬帽のてつぺんに今たなごころ
聖樹にはなれぬ木々あり祈るべし
（「若狭」第三号　平成二十七年三月）

春　隣

受験子と医者と患者のごと座る
丸ばかりつける喜び春隣
春近しバツに半泣きする子にも
「けり」教へ冬満月に帰りけり

日脚伸ぶ can は知らねど素直な子
「先生」の仮面つけつつ凍星へ
湯豆腐や母は愚痴あり我にもあり
（「若狭」第四号　平成二十七年四月）

蛙の子

春夕焼兄の横顔包みをり
蛙にもなれぬ蛙の子が溺る
連なりて山アルカイックスマイル
菜の花や上司左遷といふ噂
歪なる厚焼玉子ホワイトデー
口論に夢あることば初ざくら
紅梅の皆が一花を守りけり
（「若狭」第五号　平成二十七年六月）

鴟尾

花冷のプラグは錆びてゐたりけり
蕗の花巫女うつくしき一の宮

冴返るほどに逢ひたくなりにけり
土佐水木紫煙は鴟尾を越えざるも
菜の花のひかりは雨となりにけり
クローバー夢は博士と書きしひと
白梅を抱き締めてゐる瞼かな

（「若狭」第六号　平成二十七年七月）

随筆・評論

寺山修司における俳句の位置について

寺山修司の職業は寺山修司である。中学生のとき、俳句によって世に知られた。その後短歌や演劇、映画、小説等その活躍は多岐に及んだ。彼は絶筆「墓場まで何マイル?」を残し、一九八三年五月四日敗血症でこの世を去った。享年四十七歳。あらゆる芸術活動を展開した寺山は最終的には俳句に帰結したかった。それを待たずして彼は逝った。世界で一番小さい海を持っていた男は世界で一番短い詩によってこの世に誕生し、その始点を終点にしようとしていた。寺山にとって俳句とは何だったのだろうか。

花売車どこに押せども母貧し

寺山の作句期間は中学・高校の頃、思春期であり、自己形成期にあたる。寺山は言う。「私の人生の「待機の時代」と、俳句文学の失われた市民権のなかに、何かしら通じるものがあったにちがいない」(『誰が故郷を思わざる―自叙伝らしくなく』)俳句が彼の創作活動の原点にあたることは言う迄もない。この男の溢れる才能を表現するにはまずは定型というものが必要だったのではなかろうか。単なる垂れ流しになりかねない才能を彼は型に流しこんだのである。その後型に収まらなくなった才能は大河となって世間に流れだした。寺山に表現方法というものを教えたのが俳句なのである。

便所より青空見えて啄木忌

私には溢れるような才能などない。ではなぜ俳句を創るのか。単発的に出てくる言葉を表現の土俵に上げるには、それを詰め込んでおく弁当箱として定型が必要だから。寺山の一ファンにすぎない私が、俳句に接することによって彼に少しだけ近づけるような気がする。「世界の涯てが自分自身の夢のなかにしかないことを知っていた」(「懐かしのわが家」)寺山は世間に寺山修司を表現したにすぎない。私は俳句にどれだけ自分を表現できているのか。表現できたところでどれだけ魅力的でいられるか。目下の課題である。

詩人死して舞台は閉じぬ冬の鼻

(「早大俳研」第六集　平成十七年二月)

或る男・序詞

「天為」二十周年記念作品コンクール「随想」第一席

売りにゆく柱時計がふいに鳴る
横抱きにして枯野ゆくとき

ぼおんぼおんと柱時計の音。ブラウン管に映し出されたのは黒鉛とおぼしき一本の横線。線は卯波のように高々と上がり、すとんと落ちる。リズミカルとは呼びがたい曲線は少しずつ振れ幅を小さくし、そして凪いだ。もうわずかな波も起こらない。或る男の生が今、死とともに終わった。

男の名は寺山修司。一九三五年に青森で生まれ、一九八三年に東京で死んだ。死因は肝硬変及び腹膜炎による敗血症。享年四十七歳。詩人、歌人、作家、脚本家、映画監督、作詞家、競馬評論家、演劇実験室「天井桟敷」主宰、エトセトラエトセトラ。類い稀なる才能と発想で戦後の日本のみならず世界を驚かせ、圧倒し続けたアンダーグラウンドの帝王。職業を問われ「職業は寺山修司」と答えたという逸話も残る。その最晩年の二年間を特集した番組が片田舎の我が家のテレビに流されたのは私が中学生の頃のこと。寺山の死からすでに十一年の歳月が流れていた。ぼんやりとテレビを見ていた私は不意に我を忘れた。忘我。寺山と出会った。それは両親の言葉を忠実に守る十四歳のいじめられっ子にはあまりにも衝撃的であった。いや。衝撃そのものだった。早速、地元の本屋へ行った。『寺山修司青春歌集』。生まれて初めて、血の流れる生きた「詩」と対面した。

とびやすき葡萄の汁で汚すなかれ
**　虐げられし少年の詩を**
海を知らぬ少女の前に麦藁帽の
**　われは両手をひろげていたり**
一粒の向日葵の種まきしのみに
**　荒野をわれの処女地と呼びき**

今となっては見るのも恥ずかしい中学時代の拙い詩のようなものを私はまさに「虐げられし少年の詩」と思いこんだ。思春期特有の自意識過剰がなせる業である。ちなみに私は今も思春期真っ盛りなので、このような勘違いをよくする。とくに「あの子は私を好きなのかもしれない」という勘違いについては枚挙にいとまがない。私の詩を汚すのは憎きいじめっ子たち。中学三年間のいじめに耐えてきた力の源に、この歌が一助をなしていたことは確かに否めない。

海を知らぬ少女とは病院のベッドの上で毎日を過ごす透けんばかりに真っ白な肌の少女。そういう人は百パーセント美少女であると、テレビ番組や小説が私に教えてくれていた。麦藁帽の私（寺山ではなく、あくまでも私である）は両手を思いっきり広げている。いくら腕を広げても海の広さには敵わない。海もバケツに汲めばただの塩水。自分の限界や小ささにまだ気付いていない私はこのとき初めて恋をした。いじめられる現実とは全く異なるもう一つの世界。それも私にとっては大切な現実の一つだった。想像という名の現実。想像力よりも高く飛べる鳥はいないと本の中の寺山はいつもなぐさめてくれた。

まだ自分の言葉も思想も持たず、女性に告白すらしたことのなかった私にはまだ処女地と呼ぶことのできる場所はなかった。家は良い意味でも悪い意味でも守られる場所であり、処女地とは呼びがたい。家の外に広がる荒野。それは戦場であった。耐えて、耐えて、耐えて。今も自分さえ我慢すれば全ては円満に進んでいくならば、耐えてしまう。思考を停止する。中学時代から荒野に佇んでいながら、私がいまだ一粒の種すら蒔けずにいるのかもしれない。

短歌からはじまった寺山体験は次に俳句というステージを迎えた。

大揚羽教師ひとりのときは優し

桃ふとる夜は怒りを詩にこめて

便所より青空見えて啄木忌

寺山二十二歳のときに上梓した『われに五月を』に収まる句はどれも強烈なまでに青春を感じさせる。この句群と出会った頃の私はまさに青春真っ盛りだった。もちろん今も真っ盛りである。青春は終わるものではない。ただ誰もが忘れてしまうだけだ。寺山の青春俳句は今も新鮮な潤いを与えてくれる。教師が一人の男になる瞬間、初めて彼を「先生」と呼ぶことができる。怒りを詩に昇華させるのはテクニックではない。こころの若さである。啄木の未完成さを人はときに若さと呼ぶ。十八歳、私は俳句に触れることを覚えた。それは荒野に種を蒔くとまではいかずとも、ようやく種らしきものを手に入れた最初である。
一九八三年五月四日は修司忌である。その日になると必ず思い出す詩の一節がある。

二十才　僕は五月に誕生した
僕は木の葉をふみ若い樹木たちをよんでみる
いまこそ時　僕は僕の季節の入口で
はにかみながら鳥たちへ
手をあげてみる
二十才　僕は五月に誕生した

『われに五月を』冒頭にある「五月の詩・序詞」より。どの言葉もきらきらと輝いている。行間からは若葉風。修司忌とはまさに春が夏へとかわりゆく麗しの季語である。修司忌。東京東京東京と書くほど東京が恋しくなると寺山は記しているが、私は修司忌修司忌修司忌と書けば書くほどあなたが恋しくなるのですよ。寺山さん！
一九七三年、日本中央競馬会は或るＣＭを放送した。

かもめは飛びながらうたをおぼえ
人生は遊びながら年老いてゆく
遊びってのはもうひとつの人生なんだな

人生じゃ負けられないようなことでも
遊びでなら負けることができるしね
人は誰でも遊びって名前の劇場をもっててね
それが悲劇だったり　喜劇だったり
出会いであったり　別れがあったりするんだよ
そこで人は主役になることもできるし
同時に観客になることもできる
人は誰でもふたつの人生をもつことができる
遊びがそのことを教えてくれる

言うまでもなく寺山の作品である。遊びを俳句に置き換えては語弊があるかもしれないが、今の私にとってもう一つの人生とはまさに俳句である。中学のときの「想像という名の現実」。いつも寺山には教えられてばかりだ。彼に憧れながら、私は彼にはなれない。当然といえば当然のことである。私でしかない私には一体これから先、何ができるのだろうか。俳句はそれを教えてくれるのか。わからないことが多すぎる。今はただ黙って句集を読み、句を詠み続けよう。明日がかなしくなる前に。

煙草くさき国語教師が言うときに
明日という語は最もかなし

（「天為」平成二十二年九月号）

鉛筆

「天為」平成二十六年作品コンクール　随想　第一席

先日、或る男に再会した。その男は妻と幼い子を連れていた。彼は中学校剣道部の一つ下の後輩である。私を妻に紹介しながら、笑顔でこう言った。「俺、中学のときに、こいつの口に唾を吐いた」。奥さんは「サイテ～」と眉をひそめた。そうか。口の中に唾を吐かれたことがあったのか。確かに中学時代、その男に散々いじめられたことを私は記憶している。しかし、口の中に唾を吐かれたことまでは記憶していなかった。意識的に削除した記憶なのかもしれない。脳と心が同じものかどうかは分からないが、いずれにしても自己防衛本能が働いたのだろう。口に唾を吐かれたことなんぞ、記憶しておいても何の価値もない。

中学時代は散々いじめられた。こうして文章にするにあたり、一つ一つ思い出そうとしているのだが、脳がそれを拒否する。忌まわしい記憶はパソコンのようにボタン一つで削除されたのか。それとも厳重に鍵のかかった鋼鉄の箱にしまわれてしまったのか。どうもよく思い出せない。しかし、一つ強烈に記憶していることがある。それは私がいじめをしたという記憶だ。

小学生のときはまださほどいじめられていなかった。どちらかというと第三者か、もしくはいじめっ子側にいた。掃除のために机を動かしていた。或るいじめられっ子の少年が鉛筆を落とした。私はすぐに拾えないように、鉛筆を蹴ろうとした。鉛筆はよく尖っていた。蹴った。その先には少年の指があった。「あっ」。鉛筆が刺さった。先端が折れた。指の中にわずかながら芯が残っている。押し出そうとしても、何をしても出てこない。その子は泣かなかった。痛さよりも芯が残っていることの方を気にしていた。私は我も忘れて、その芯を取り出そうとしたが、結局取れなかった。数日後、少年から「ねえ。かさぶたは取れたけど、中に黒いのが残ってる。どうしよう」と私に尋ねてきた。「針で少し刺せば取り出せるんじゃない」。私はそっけなく答えた。それ以来、この少年が怖くてたまらなかった。目が合うと、さっと視線をよけた。話しかけることもしなかった。しかし少年はよく私に話しかけてきた。それが無性に怖かった。

もう冬に入りかけていた頃だったろうか。少年が私を呼びとめた。「ねえ。耳がよく聞こえないから、お医者さんに行きたいんだ。でも一人じゃ怖いから一緒に行ってくれない?」。私の頭の中に「否」という選択肢は存在していなかった。私は彼の言いなりだった。学区から少し離れた耳鼻科に二人で行った。久しぶりに少年と話した。楽しかった。古い木造の医院で、椅子は満席であったため、歩けばミシミシと音の鳴りそうな階段に二人で腰かけた。一段は二人で座るとちょうどいっぱいだった。階段の先の天井は板で塞がれていた。二人が座るためだけに存在している、定年退職後の階段。学校の話や先生の話、テレビ番組の話。いろいろと話した。親の商売柄、いろいろな雑学を私は持っていた。その一つ一つに、彼は感心してくれた。ふと彼が言った。「まだ黒いの残ってる」。人差し指の腹をこちらにそっと差し出す。私は「ふ〜ん」と応えた。それ以上の言葉はお互いになかった。

難聴の原因は、耳垢が鼓膜にへばりついていたためということだった。医師がその耳垢をとったとき、「バリッ」とすごい音がして、少し痛かったと、診察室を出てきた彼は興奮しながら、話してくれた。「もう聞こえる?」と尋ねると、「うん」と元気な返事がかえってきた。相変わらず待合室は混雑していた。

帰りも徒歩かと思ったが、少年の母が自動車で迎えに来てくれるという。私は焦った。しかしそれがばれてはいけない。平然を装った。お母さんはとても優しい人だった。少年と同じように。車中の私は緊張のあまり、全く身動きがとれなかった。頭の中にはあの鉛筆がどんどんと増殖していき、私の全ては鉛筆そのものでしかなくなっていた。鉛筆は、お母さんの優しい話しかけにただただ「はい」と応えることしかできなかった。家の前で降ろしてもらったとき、鉛筆は全身汗だくだった。その日以降も私は彼に話しかけなかった。そのうちクラスがかわり、疎遠になった。音楽の才能があり、ピアノの上手い男だった。数年前にバンドのキーボードとして、地元ローカルテレビの番組に出演したと風の噂で聞いた。それ以降のことは全く知らない。私が大学から帰省した折に散歩をしていると彼の家は空き地になっていた。真っ白なとてもきれいな家だった。もう、彼に会うことは生涯ないだろう。

私が小学校時代も中学校時代も意識的に、または無意識的に誰かを傷つけていたことは間違いのないことだろう。しかし特定の人物というと、この少年しか思い出せない。もしも、彼に再会することがあったとしても、私は彼に話しかけないだろう。その視界にすら入ろうともしないだろう。今でも、私は彼が怖い。それは復讐といったことでは決してない。もしも復讐してくれるのならば、ぜひとも受け入れたい。彼は復讐はしない。しなかった。しかし、彼は優しかった。どこまでも優しかった。私に甘えてくることとすらあった。私はそれを利用してからかったり、いじめたりした。しかし鉛筆のことを境に、彼の起居振舞い全てが怖くなった。私がいじめということを絶対にしないと誓った日だった。

中学に入るとその報いでもあるかのように、とにかくいじめられた。いじめた相手は覚えている。同級生であったり、後輩であったり、教師であったり。その詳細は忘れてしまったけれども。私の卒業アルバムは落書きだらけである。もちろん自分で書いたものではない。部室で取り上げられて、後輩たちが好き勝手に書いたものである。今でも部屋に置いてあるが、読み返すことは全くない。捨てようかとも考えている。ただ、私にとってそのアルバムは本当の意味での「卒業」だった。高校時代、一切いじめというものに遭うことはなかった。いじめるような人間のいるところには絶対に行きたくない。彼らが決して私に近付くことのない場所。私は県下一の進学校を目標とした。そして、合格した。死にもの狂いの勉強の結果。期待したとおり、そこにはいじめというものは皆無であった。もしも「いじめられたくない」という原動力がなければ、受験戦争に負けていたかもしれない。それを考えると、いじめられたことも一つのよい経験であったのかもしれない。今はそう思うようにしている。

「口に唾を吐いた」。その一言はあの忌まわしい記憶の一端を蘇らせた。私はそんなことをされていたのか。いじめを苦に、よく自殺しなかったものだ。我ながら感心する。今でも多くの子どもたちがいじめを苦に自殺している。その気持ちが私には痛いほど分かる。いじめられることはそれほどまでに苦しい。死という選択肢を私は敢えて否定しない。最良の選択とは思わないが。逃げるということを誰も責めてはいけない。それしか選択肢のない場合も、人生という場には用意されている。彼らは偶然にもその場面にあまりにも早く遭遇してしまった。ただ、それだけだ。私は乗り越えた。しかし乗り越えたことを自慢しようとも思わないし、自信にもつながらない。たまたま運がよかっただけだ。誰にも相談できなかった。親にも友人にも。県下一の進学校に入学すること。それだけが私の救いであった。私は救われた。私の母校。静岡県立浜松北高等学校。

社会に出てからもいじめに遭った。それはハラスメントと名前を変えていた。アカデミックハラスメント。パワーハラスメント。病んだ。心身ともに。今度は相談した。親や友人に。今度は逃げるという選択肢を選んだ。しかし、それは自殺というかたちではなく、退学、退職というかたちで。逃げたことにいささかの後悔もしていない。反対にそれは正しいことだったと今でも胸を張って言うことができる。私は幸運である。それでもなお、今、こうして生きているのだから。過去のこととして振り返りつつ、こうしてこの文章を書いているのだから。

中学時代に私をいじめた人間の何人かには再会した。もちろん本意ではない。彼らは、そのことを忘れていた。特に教員たちは私に浴びせかけた暴言を全く記憶していなかった。それどころか「あなたはいい生徒だった」と言われる。私には「都合のいい生徒」としか聞こえない。私に面と向かって「気違い」と言った国語教師。「人間のクズ」と私を罵倒した社会科教師。彼らは今でも教員をしていた。教員とは幸福な職業だと思う。彼らが「過去の遺物」であることを、心底から願う。

小学校一年生のとき、私を含め、給食を食べ終えることが遅い児童はひどい目に遭った。私は真冬の寒い廊下で椅子に給食を置いて、正座をして食べさせられた。一番食べることが遅い同級生はトイレの中で正座をして食べさせられた。給食時間が終わり、掃除の時間となり、埃のたくさん舞うなかでも、その給食を残すことは決して許されなかった。そういう時代だった。

私は決していじめる側にはなりたくない。そのことをあの少年が教えてくれた。いじめる側になるくらいならば、喜んでいじめられる側に回る。それよりもいじめなんぞというものは撲滅されなければならない。子どもたちのいじめを問題にする前に、大人がまずいじめをなくさなければいけない。子どもは大人の背を見て育つ。大人社会の縮図が子ども社会だ。大人社会に平穏を。俳句はその一助になる力を充分に有している。少なくとも、俳句が生きる力を与えてくれる。一昨年パワーハラスメントの被害に遭い、病気による長期休職の後、職場の理解を全く得られぬままに退職した私には今、そう思われるのである。

（「天為」平成二十七年一月号）

有馬朗人第一句集『母国』書誌学的小論

「天為」平成二十六年作品コンクール　評論　第四席

一、はじめに

本稿では有馬朗人（文中敬称略）の第一句集『母国』を書誌学的に記録するとともに、その一部の要素を抽出し、俳人有馬朗人研究の布石とするものである。なお、『母国』のみを対象とし、花神コレクション『有馬朗人』所収「『母国』拾遺」は対象外とした。あくまでも第一句集『母国』という一冊の句集を考察対象の軸に据えるためである。あらかじめご了承いただきたい。

二、書誌学的記録

『母国』は著者有馬朗人。昭和四十七年三月十日印刷。同年三月二十日発行。タテ十九センチ、ヨコ十三・六センチ、厚さ一・五センチ。一五八頁。出版者は東京都千代田区神田猿楽町二の五（当時）の春日書房。定価八百円。昭和俳人選書三。昭和俳人選書一は上田五千石『田園』（昭和四十三年）、二は原裕『葦牙』（昭和四十七年）。タテ十九センチ、ヨコ十三・八センチ、厚さ二・一センチの灰色の函入り。函は天地無地。背に黒字で「昭和俳人選書3　有馬朗人句集」。表に同じく黒字、二行書きで「有馬朗人句集母國／昭和俳人選書3」。裏に「春日書房」。表紙カバーは白地に抹茶色のドリッピング風のデザイン。臙脂色で表紙左上に縦書きで「母国」。左下に横書きで「昭和俳人選書3」。背も臙脂色で「母国　有馬朗人」。デザインは難波淳郎。カバーを外すと山吹色の地。背に黒字で「母国　有馬朗人」。序は山口青邨が昭和四十六年十月十日に記したもの。あとがきは著者自身が「一九七一年、ニューヨーク郊外ストーニブルックの自宅にて」記したもの。

章名及び句数等は次頁の別表のとおり。十四章立て、全三百句。春六十二句、夏七十一句、秋七十二句、冬八十八句、新年七句。春と冬で二十六句の差はあるものの、全体として四季万遍なく採録されているように思う。春、夏が百三十三句、秋、冬、新年が百六十七句。暖かさよりも寒さに比重のある構成といえよう。

選句は「夏草」に載った約千句の内から、盟友原裕、上田五千石、上井正司および朗人本人による四人にて行われた。

三、『母国』までの有馬朗人

朗人は昭和五年九月十三日、大阪市住吉区北田辺にて父・丈二、母・籌子の第一子として誕生。昭和十一年、六歳のときに千葉県銚子市に転居。父は石丈と号し、母とともに「ホトトギス」に属した。中央小学校入学。昭和十四年、九歳にて神奈川県高座郡橋本（現・相模原市）に転居。旭小学校に移る。昭和十七年三月、十二歳にて静岡県浜松市に転居。西小学校に移る。翌年四月、静岡県立浜松第一中学校（現・静岡県立浜松北高等学校）入学。昭和二十年、戦災のため、敷地村（現・磐田市豊岡）に転居。父が病

	章名	章句数	小章名	小章句数	春	夏	秋	冬	新年
一	習作　昭和二十五年—二十七年	十三	水中花	七	二	三	〇	二	〇
			郵便局	六	一	二	三	〇	〇
二	麦笛　昭和二十八年	十八	牛	七	一	一	〇	四	一
			大和の村	十一	一	四	五	一	〇
三	黒い旗　昭和二十九年	十五	マネキン	五	一	〇	〇	四	〇
			砂丘	五	二	一	〇	二	〇
			母の日	五	〇	五	〇	〇	〇
四	復活祭　昭和三十年	三十六	無名の人	八	六	一	一	〇	〇
			人生の椅子	十一	〇	〇	七	四	〇
			家	五	一	〇	〇	四	〇
			卵の影	四	四	〇	〇	〇	〇
			松島	八	一	五	二	〇	〇
五	王の墓　昭和三十一年	三十四	無限の雪	五	〇	〇	〇	五	〇
			ユトリロの死	四	〇	〇	四	〇	〇
			国のまほろば	八	一	五	二	〇	〇
			表紙の裏	八	一	五	二	〇	〇
			秋晴の魚	五	〇	一	四	〇	〇
			絵の雁	四	〇	〇	一	三	〇
六	父への距離　昭和三十二年	三十二	白鳥	八	三	〇	〇	一	四
			二重のまぶた	五	一	四	〇	〇	〇
			石切場	十一	一	三	七	〇	〇

統計		三百		三百	六十二	七十一	七十二	八十八	七
			窓打つ雪	八	○	○	一	七	○
七	受胎告知　昭和三十三年	十六	巻貝殻	十一	四	六	一	○	○
			啓人誕生	五	○	○	五	○	○
八	妻の故郷　昭和三十四年	二十九	蔵王	七	○	○	○	七	○
			子の声	十一	四	一	一	四	一
			シカゴ	十一	○	三	○	八	○
九	銀貨　昭和三十五年―三十六年	二十四	解氷期	十一	四	一	二	四	○
			鮟鱇	五	三	○	○	二	○
			盲の魚	八	一	○	○	七	○
十	流刑地　昭和三十七年―三十八年	十五	蝶	八	七	○	一	○	○
			癌年齢	五	一	○	四	○	○
			朗子誕生	二	○	○	二	○	○
十一	原罪　昭和三十九年―四十年	十五	木馬	十	○	四	三	二	一
			二兎を追ふ	五	一	三	○	一	○
十二	屈葬　昭和四十一年	二十三	亡命者	七	一	四	二	○	○
			ピラミッド	五	二	○	三	○	○
			霧氷	十一	○	○	四	七	○
十三	子の髪　昭和四十二年―四十三年	十三	贋金づくり	五	二	○	○	三	○
			母国語	八	○	二	四	二	○
十四	古代地図　昭和四十四年	十七	母国	七	三	○	○	四	○
			天平の色	十	二	七	一	○	○

気のため、退社。父を励ますために作句を開始。昭和二十一年一月、父逝去。積志村(現・浜松市東区積志町)の級友・田中家に母とともに下宿。この頃より大学院にいたるまで家庭教師をはじめ、多くのアルバイトを重ねる。「ホトトギス」初入選。「若葉」初入選。昭和二十二年、浜松第一中学校を四年修了。同年四月私立武蔵高等学校理科甲類入学。昭和二十五年三月武蔵高等学校卒業。同年四月東京大学理学部物理学科入学。五月、山口青邨に入門。東大ホトトギス会、「夏草」入会。昭和二十八年、東京大学大学院進学。「夏草」同人になる。古舘曹人、高橋沐石等と「子午線」創刊。昭和三十一年、東京大学大学院を中途退学し、東京大学原子核研究所助手。若くして、原子核の磁気能率やβ崩壊などに対する配位混合理論で世界に知られ、のちに原子核の集団運動を簡明に表現する「相互作用するボゾン模型」を提唱。「原子核の集団運動現象の解明」にて昭和五十三年、仁科記念賞受賞。平成五年には「原子核の力学的模型と電磁相互作用の理論的研究」により、第八十三回日本学士院賞受賞。昭和三十二年三月、「夏草」で知り合った青田博子(現・有馬ひろこ「天為」副主宰)と結婚。昭和三十三年、理学博士学位を授与される。長男啓人誕生。昭和三十四年フルブライト基金により、氷川丸にて一家でシカゴに渡航し、アメリカ国立アルゴンヌ研究所員となる。昭和三十五年九月、東京大学理学部講師となる。十二月帰国。昭和三十八年、夏の三か月間をアルゴンヌ研究所にて過ごす。長女朗子誕生。昭和三十九年、東京大学理学部助教授となる。昭和四十四年、東京大学総長補佐として、加藤一郎総長のもと、大学紛争解決と処理に従事。昭和四十六年一月、ニューヨーク州立大学教授として、ストーニブルックに転居。昭和四十七年三月第一句集『母国』上梓。

『母国』上梓時には朗人は日本にはいない。そのため、朗人が実際に『母国』を手にしたのは出版された昭和四十七年秋に大阪大学主催の国際会議に招待され、帰国した折という。

四、街

『母国』には「街」が登場する句が二十三句ある。全体の一割弱である。対して「町」は一句もない。「街」が登場する句を次に挙げたい。

冬の街マネキン富めば人貧し　同右「卵の影」より

冬の街とさかのやうな帽子が行く
オーバーにあまりに明るすぎる街　「復活祭　昭和三十年」「人生の椅子」より

街灯が灯るチューリップの真上
裏街の冬はからつぽユトリロ死す　「黒い旗　昭和二十九年」「マネキン」より

冬の海街より暗く街の上
友と会ふ街の屋根なす天の川　「王の墓　昭和三十一年」「ユトリロの死」より

理髪師にひげそられ街に野分満つ　同右「表紙の裏」より

早春の街に無名の遺作展　同右「秋晴の魚」より

街に虹新聞生れ走り出す
燕帰る街のコックが吹く口笛　「父への距離　昭和三十二年」「白鳥」より

人を描かず早春の街を描く　同右「二重のまぶた」より

絵具もりあげもりあげ夏の街となす　同右「石切場」より

亀裂走る炎天の街は我が故郷　「受胎告知　昭和三十三年」「巻貝殻」より

街路樹落葉異国の厚い新聞買ふ
「妻の故郷　昭和三十四年」「シカゴ」より

裏街の福音耳まで凍てゝ聞く

どこ曲らう四角四面な春の街

街の隅スピノザが拭く冬の眼鏡
「銀貨　昭和三十五年―三十六年」「解氷期」より

高層街冬くれなゐの魚飾る

北冥の魚の眼街に春の虹
同右「鮟鱇」より

雨期の街幾度磨く他人の靴
同右「盲の魚」より

風死んで黒白分つ一街路
「屈葬　昭和四十一年」「亡命者」より

鳥渡る街に溢れる楽士達
同右「ピラミッド」より

また、「街」に準ずるものとして「都市」が登場する句が一句のみある。

梨の花雨降る午後の古代都市
「銀貨　昭和三十五年　三十六年」「盲の魚」より

「まち」は町、坊、街などと表記され、本来は土地の広さの単位である。のちに住居地の区画という語になり、各区画は「まちまち」といわれた。その名には城坊制によって坊を用いた。

街は音符が圭で、四通の道をいい、交叉する道、つまり道路を主とする語である。大通りという意味もある。圭は占卜に用いる土版で、区画を施すという意味がある。そのような区画を持つ地割りを街という。日本では多くの人や車が行き来する通りや、人が集まり、にぎやかな一角、または巷を指す。

対して町は元々、田のあぜ道をいう。日本では町村や土地の区画に用いられ、人が集まり、住んでいるまちや、人口が村より多く、市より少ない地域を指す。

「街」に対して「村」という概念が想定される。

「村」は章名「大和の村」がある。「村」という字が使用されている句は二句ある。

太古の村そら豆の花咲き続く 「麦笛 昭和二十八年」「大和の村」より

石に坐し麦秋の古き村を見る 「王の墓 昭和三十一年」「国のまほろば」より

「大和の村」十一句中六句は明らかに大和の村を詠んだものであり、「国のまほろば」八句は石舞台古墳等の古墳を想起させ、八句全てが大和の景を題材にしたものと考えられる。合計して十四句である。

ここで考えたいのは朗人が描いたのは「町」ではなく、「街」である点だ。特に昭和三十四年を境として、二つの街が描かれる。前者は日本在住時代のものであり、描かれるのは日本の街と考えても差し支えない。しかし昭和三十四年以降に描かれているのは「シカゴ」という異国の街である。しかも朗人は妻をはじめ周囲の反対を押し切って、白人街から黒人の住む街へ引っ越した。被差別層であった黒人たちの街の風景が詠まれているのである。また「高層街」は鷹羽狩行も詠んだニューヨークの摩天楼を想起させる。『母国』あとがきにあるように、『母国』上梓までに朗人はシカゴ、プリンストン、バークレー、メキシコ、プリンストン大学、ラトガース大学、ブルクへーヴン研究所、ニューヨーク州立大学、トリエステ、アイスランド、コペンハーゲン、ミュンヘン、ローマ、イスラエル、チョークリバー、ストーニブルック、パリ、ハイデルベルク、ミュンヘン、グルノーブル、イタリヤ、サクレーなどの多くの海外の街に赴いた。これらの街は異空間としては詠まれていない。あくまでも身体感覚を伴って、同化のなかで詠まれている。対して、大和地方に題材をとった「村」俳句は憧れの地、異空間との出会いのなかで描かれる。そこは生活の場ではなく、あくまでも旅吟としての「村」である。村が異空間であり、町を詠まないという点で、『母国』の朗人は「街の俳人」と呼びうるのではなかろうか。『母国』時代の朗人はもちろん自然にも目を向けているのだが、それと同時に多くの人間たちが暮らす「街」に関心を抱いていたと考えられる。

五、描く

次に「描く」という美術的行為や感覚を中心とする句に注目したい。視覚的イメージを中心とした句となると多くなるため、色や美術的行為、その要素を含む句を次に挙げる。ただし「金魚」「銀河」等、熟語であって、色を重視したとは考えにくい句や、「贋金」等明らかに色ではない句は除いた。六十五句、全体の二割強である。

昼の虫鯖色の海見ゆる角

沈黙は金なり金木犀の金

「習作　昭和二十五年―二十七年」「郵便局」より

青写真焼けば太陽と帆かけ船

純白の幸福雪に散る椿

「麦笛　昭和二十八年」「牛」より

砂丘ひろがる女の黒き手袋より

梨の花夜が降る黒い旗のやうに

「黒い旗　昭和二十九年」「砂丘」

百合開く絵皿の中にある異国

黒い牛歩く春分の日が真上

「黒い旗　昭和二十九年」「母の日」より

霊歌歌ひ黒人百合をいだき去る

雁渡る似顔絵かきはビルの底

「復活祭　昭和三十年」「無名の人」

拍手して白手袋に手をかくす
ヴィナスたりかつ一塊の冬の石
亡び行く家の紋章蝶凍てる
人生半ば時に真白きたんぽぽ咲く
黒揚羽降る城壁の高さより
断崖を赤壁としてボート漕ぐ
海原として一塊の鮑描く
炎天に金色の翅落ちゐたり
緋鯉来て汀の雪に触れもどる
影までも描かれ壁画の馬に冬
裏街の冬はからつぽユトリロ死す
炎天の表紙の裏のピラミッド
秋晴の魚が描かれてゐるパイプ
家遠く北斎の絵の雁渡る
窓に初日マゼランの船額の中
冬野来てひろふ小さく青い独楽
白鳥に春の雪降る遥かに降る
烏瓜もてばモジリアニイの女

「復活祭　昭和三十年」「人生の椅子」より
「復活祭　昭和三十年」「家」より
「復活祭　昭和三十年」「卵の影」
「復活祭　昭和三十年」「松島」より
「王の墓　昭和三十一年」「無限の雪」
「王の墓　昭和三十一年」「ユトリロの死」より
「王の墓　昭和三十一年」「表紙の裏」より
「王の墓　昭和三十一年」「秋晴の魚」より
「王の墓　昭和三十一年」「絵の雁」より
「父への距離　昭和三十二年」「白鳥」より
「父への距離　昭和三十二年」「石切場」より

遠く冬木倒るる音にルオーの訃

「父への距離　昭和三十二年」「窓打つ雪」より

天にのび白い哄笑辛夷咲く

人を描かず早春の街を描く

絵具もりあげもりあげ夏の街となす

「受胎告知　昭和三十三年」「巻貝殻」より

雪の夜の赤きものたゞ造花のみ

薔薇色の朝のスキーを雪に挿す

金芒銀芒分け子へ帰る

「妻の故郷　昭和三十四年」「蔵王」より

山吹が金の窓枠嬰児の部屋

「妻の故郷　昭和三十四年」「子の声」より

サルビヤがつなぐ黒人の家と家

落葉掃く黒人肌を輝かし

「妻の故郷　昭和三十四年」「シカゴ」より

湖に白帆銀貨の中にあるヨット

白鳥の白も枯れ行くものの中

「銀貨　昭和三十五年―三十六年」「解氷期」より

クレヨンを折る智慧春の雲描く

「銀貨　昭和三十五年―三十六年」「鮟鱇」より

鼻長くイエス描かれ寒い壁

「銀貨　昭和三十五年―三十六年」「盲の魚」より

涅槃図に不参の猫よ身を売るな

火口湖に純白の蝶舞ひ降りる

純白の蝶が群がる時計の裏

「流刑地　昭和三十七年―三十八年」「蝶」より

柵描く晩秋の牛入れるため

天高し絵本の魚が笑こぼす
金魚の藻あをく歳月失ひし
玄室を出て人の世の日傘さす

「原罪　昭和三十九年―四十年」「木馬」より

裸婦像冷え教会に壁となり合ふ
風死んで黒白分つ一街路

「原罪　昭和三十九年―四十年」「二兎を追ふ」より

雁来紅にはかに紅し遠い妻
珊瑚より白き霧氷よ明日を賭す
有史以後首折れ石馬冷え尽す

「屈葬　昭和四十一年」「亡命者」より

風花に鼻もぎとられ天主像
図鑑の魚絢爛として冬に入る
春を待ち流木に魚刻み込む

「屈葬　昭和四十一年」「霧氷」より

集金人早春の地図輝かす
かげろはぬものにはりつけの像一つ
一枚の氷湖はめこむ古代地図
どの松もねぐせ海原へ緑立つ
「古代地図　昭和四十四年」「母国」より
草餅を焼く天平の色に焼く
夏服を着よトランプのジャック達
虫の露地壁よりはいで画を求む

夏の夜の切手の中の青い魚　「古代地図　昭和四十四年」「天平の色」より

『現代日本人名録98』に趣味として「読書、絵画鑑賞」が挙げられている。これらの句は「絵画鑑賞」を趣味に挙げることとの大きな裏づけとなる。実際に朗人自身、美術館や個人宅等での絵との出会いを自註にて記している。

　また、これらの句は次のように分類できる。

①色による表現
②「描く」「刻む」などの美術的行為による表現
③美術作品等、表現されたものを対象とした表現
④美術家を詠み込んだ表現

「描く」という一点に絞っても、四種類もの表現パターンがあり、朗人の美術的関心はたいへん高いものであったことが理解できる。

　ここでは直接的に色彩や美術的要素を取り上げた句を挙げたが、他にも視覚に訴える句が多く見られる。『母国』は五感の中でも特に視覚が重視されている句集と考えられるのではないだろうか。

六、おわりに

　本稿では『母国』を書誌学的に記録するとともに、その要素として「街」「描く」を挙げた。しかしこれは『母国』のほんの一要素に過ぎない。櫂未知子が「国際俳句の黎明」を記したように、海外詠の黎明としての視点や、他にも記述すべき要素が多くある。また、フロイトやユングの心理分析が有効であるならば、そういった視点も考えられ、論理学等の視点から考察することもできよう。本稿では取り

扱わなかった「母国拾遺」にも触れることで、『母国』完成までの朗人俳句の核心に触れることもできる。紙数の関係上、今回はここまでとし、『母国』のさらなる考察、さらには朗人俳句の全容について別稿とさせていただきたく思う。

【参考文献】

有馬朗人『母国』　昭和四十七年　春日書房
有馬朗人『自註現代俳句シリーズ第四期④　有馬朗人集』　昭和五十九年　俳人協会
有馬朗人『有馬朗人』　平成十四年　花神社
「有馬朗人『母国』とその時代」（櫂未知子・島田牙城『第一句集を語る』所収、初出「俳句」平成十六年五月号　角川書店）
大屋達治「有馬朗人」（『現代俳句大事典』　平成七年　三省堂）
古舘曹人「有馬朗人」（『俳文学大辞典普及版』　平成二十年　角川学芸出版）
白川静『字通』　平成八年　平凡社
諸橋轍次『大漢和辞典修訂第二版』　平成十一年　大修館書店
白川静『新訂字統』　平成十六年　平凡社
白川静『新訂字訓』　平成十七年　平凡社
『現代日本朝日人名事典』　平成二年　朝日新聞社
『講談社日本人名大辞典』　平成三年　講談社

『20世紀日本人名事典』　平成六年　日外アソシエーツ
『新訂現代日本人名録98』　平成十年　日外アソシエーツ
『日本国語大辞典第二版』　平成十三年　小学館
『新明解国語辞典第七版』　平成二十四年　三省堂

（「天為」平成二十七年四月号）

結論は俳句です（一）

行きつけの居酒屋で面白い話になった。地方公務員は八対二だという。何が八対二かというと、八割は変人で使えない職員。二割は全うな人、もしくは普通の人で、ちゃんと「仕事」が通常のレヴェルでこなせる職員。出張族の多い居酒屋なので、話を聞いてみると、どこの地方都市も同じような状況らしい。国民、市民としては困った話なのだが、これに似た話がある。

人間はまず八対二で分けることができるという。八は被支配層。二は支配層。その二はさらに三対一に分けることができる。三は支配しつつ、支配される中間層。一はトップに立つ支配層。これは社会的構図の話ではなく、人間の本質的資質の話である。つまり人類の中には常に五パーセントの支配者的資質を持った人間が存在しているということになる。この資質を持った人間が必ずしも社会的に支配者になるとは限らない。支配者になる者もいれば、被支配層に甘んじる者もいるだろうし、犯罪者になったり、被差別的な扱いを受けたりすることもある。

支配者的資質を持つ者は中庸な部分がない。パワーが突出している。それが政治に向かえばスターリンや始皇帝、ヒトラーのような独裁者になったり、善政を行ったりする場合もある。芸術に向かえば、ベートーベンやピカソのような天才的アーティストにもなる。マイケル・ジャクソンもこの中に含めていいだろう。力というものに溢れている。それゆえ社会的に成功したり、支配層になれたりすればよいのだが、その力を発揮できない境遇になると、それは不幸に転じる。もちろん本人もそうだが、その周囲の人々も含めて。つまり犯罪である。有名なジャック・ザ・リッパーなどはその典型だろう。殺人というものにもいろいろと種類があるが、Assassination（アサシネイション）に注目したい。和訳の際には「暗殺」とされるが、若干ニュアンスが異なる。殺人には、たとえば物取りや口論の末という、結果としての殺人があり、これが大多数を占める。つまり、「殺すつもりはなかった」または「殺すつもりだった。」しかしそれにはそれなりの理由がある」というものである。しかしアサシネイションは異なる。殺人のための殺人である。殺すために殺した。「殺す」ということだけで全てが説明されてしまう。それがアサシネイションである。ジャック・ザ・リッパーは娼婦ばかりを狙っており、中には性行為後に殺人に及んだケースもある。そう考えると性的快楽のための殺人ということになる。しかし、この事件が全英中を恐怖に落とし込んだのは単なる殺人ではなく、その狂気性である。五人の被害者のうち、四人が解剖されていた。もちろん解剖学的解剖ではない。ナイフで切り裂かれ、内臓が露出されていたり、盗まれたりしていた。たとえば阿部定事件も殺害後、男性器を切り取った事件である。しかしそれは異常なかたちで噴出してしまった「愛」のかたちである。ジャック・ザ・リッパーには愛などない。殺し、解剖する。それだけが目的である。これはサディズムと呼ばれるもので説明できよう。サディズムは加虐的変態性欲と考えられがちだが、そうとばかりは言えない。本稿は英国人作家コリン・ウィルソンの諸研究を多く参照した。ウィルソンの見解から言えば、それは性欲的なものが根本にあるのではなく、社会的不満・不平が根本にある。つまり支配者的資質をもつ五パーセントの人間がそれに見合った境遇にない場合、その力の矛先が、彼を「資質相当に」遇しない社会に向けられる。そして社会を混乱に陥れようとする。支配者的資質に富んでいる訳なので、支配したがる。それが金や肩書というものでは解決しない場合、どうなるか。もっと根源的なものを支配しようとする。つまりそれは、「性」であったり、「生」であったりするということになる。強姦の場合、男性は単に射精という性的満足感を得たいだけではない。相手を「支配したい」のである。強姦の末に相手に顔を見られたから殺すというケースも考えられるが、男というものは単純で、射精さえ済んでしまえば、後は三十六計逃げるが勝ちという場合が多い。しかし最初から殺人を目的とする強姦もある。この場合、性的充足感は射精という単純な感覚だけでは済まなくなる。支配欲を充実させるために、きわめて残酷な方法で強姦殺人が行われるケースが多い。妊娠八か月の米女優シャロン・テイトをはじめ、多くの人々を惨殺したマンソン・ファミリーの事件にもそれは言える。主犯マンソンが求めていたのはヒッピー的パラダイスではない。自分のコミュニティーを、そして世界をいかに「支配」するかということである。これはオウム真理教における一連の事件でも言える。元教祖は支配者的資質を持つ人物と考えられる。それゆえにあれだけ優秀な人間たちが集まったのだろう。社会は不思議がった。有名大学の有能な若手研究者たちが、なぜあれほどいかがわしい人物を信奉したのか、と。簡単なことである。元教祖はいくらデタラメな人物であっても、その資質において五パーセントの人間であり、信者たちはいかに学力的に優れていても、所詮九十五パーセントの人間に過ぎなかったからである。今でも信奉する人間がいるということを、常識的なレヴェルでを考えるのではなく、彼の資質という面を中心に考えなければならない。このような「五パーセント」の人間の話をしたのは、彼らがパワーに漲っていて、その現れ方が極端であるため、次に述べる際に便利だからである。

この五パーセントの人々は唯一のことには集中しない。レーザービームに例えてみよう。ビームを強くするためには機材の強度を上げなければならない。しかしそれにはたいへんな技術力と多くの時間を必要とする。一つのものから発するエネルギー量が決まっているならば、他の点から出してみたり、一極集中ではなく、いろいろな方向に出してみたりする方が、機材への負担も少なく、手っ取り早い。五パーセントの人間に限らず、人間は集中することができない。人の意識は常にさまようのである。或ることに集中しても、長時間の継続は困難である。疲労困憊してしまう。普通の人でもエネルギーを一つのものに集中しつづけることは困難である。それがエネルギーの強い人間であれば、なおさらである。一つのことにその莫大なエネルギーを集中してしまえば、精神がまいってしまう。発狂するしかない。たとえばピカソの芸術様式はきわめて多岐にわたる。一人で人類の美術史を体現した男とも言われている。それは彼のパワー、エネルギーの強大さがなした業であると同時に、そうしなければピカソは「社会に受け入れられる」芸術家として生きていくことはできなかっただろう。サルバドール・ダリにも言えようか。ダリが描くものはきわめて写実的である。若い頃に描いたバターの塊は絵の具ではなく、バターで描いたのではないかと思うほどであった。しかしダリの作品群は一つ一つのものが写実的に描かれていても、それらは超現実的に構成されて、一枚の画面におさまる。ダリは一つのものを写実することに、超人的なエネルギーを注ぐことのできる人物であった。そして、それを構成するうえでは彼の意識はさまよっていた。そのさまよいは超現実主義、すなわちシュールレアリスムという形として現れた。彼はエネルギーを奔放にさせた。その結果、あのような画面構成が生まれたとも考えられるのではなかろうか。ダリは虎を飼うなどその奇行でも有名であった。彼が世界的アーティストでなければ、社会的に凡人として生きていくことは可能であっただろうか。

つまり、人間は一つのことに集中できない。常にその意識はさまようのである。さまよう意識は常に対象を求めている。人類の一番の敵は死でも病気でも人類自身でもない。「退屈」ということである。さまよう意識、もしくはさまようエネルギーがその対象を得られない場合、およそ見当違いなものを対象としてしまうことが多くある。それは前述のようなアサシネイションであったり、オウム事件であったりするのである。人間は自身が有するエネルギーをその量に応じて、正しく発散されている限りには問題はない。さまよう意識、さまようエネルギーの対象も趣味などで発散できれば問題ない。しかしその対象が社会的要因などで得られず、エネルギーを発散できなくなったとき、人は「おかしく」なる。これは精神疾患全般を意味するものではない。精神病理に該当するケースもあるかもしれないが、それよりももっと社会的意味合いにおいて述べさせていただきたい。

つまり、多くの人間にとってエネルギーを一点集中することは肉体的ハード面でも、精神的ソフト面でも耐えがたいことなのである。耐えがたいことを強制すれば、崩壊する。その防御本能として、意識は常にさまようようにできている。エネルギーは湧いてくる。ゆえに常にその発散、解消を求めている。まず、これを一つの結論としたい。

結論は俳句です（二）

（「のいず」第一号　平成二十六年上巻）

芸術において、写生がよく言われる。写生は写実主義（リアリズム）の中核でもある。写生や写実は「写す」ことを主眼とする。では何を写すのだろうか。愚問かもしれない。逐語訳的に言えば、それは「生」であり、「実」である。では「生」や「実」とは何か。さらに言えば、我々はそれらをそのまま「写す」ことができるのだろうか。

我々は社会や自然の中に生きている。しかしそれは本当であろうか。社会や自然の中で生きていると思っているだけではないだろうか。そう認識しているだけではないだろうか。今、あなたは本当に私のこの拙い文章を読んでいるのだろうか。本当は文字を目で追っているだけで、実際には妻に浮気がばれないか心配でそれどころではないのではないだろうか。私はこう考えている。我々は自己の認識の中に生きている。認識とは社会や自然という外的存在によって感知され、構成された世界である。たとえば目の前に林檎があるとする。あなたは林檎を認識する。林檎がある、と。しかしそれは本当に林檎なのだろうか。本物そっくりのつくりものではないだろうか。林檎にそっくりな梨ではないだろうか。もしくは実は夢の中の話ではないだろうか。そもそもそれは林檎であるのか。林檎とは何なのか。林檎を林檎たらしめるものは何か。こうなるとイデア論になってしまうので、例えを変えよう。よくドラマなどである話だが、今まで母だと思っていたが、戸籍謄本を見たら、養母であることがわかったという例を出すこともできる。つまり我々は本当に世の中に存在しているもののあるがままの中で生きているのではない。あくまでも個々の認識の中で生きているのである。さらに言えば、あるがままのものを認識することは不可能に近い。人間には感覚神経がある。この神経を通して、脳は刺激を認識する。その感度には個人差がある。わかりやすい例として、視力が挙げられる。二・〇の人もいれば、海外では八・〇という人もいるという。近視、遠視、老眼、乱視。人は同じものを見ても、それぞれ見える姿が違う。感覚機能というハード面において個人差がある以上、「私と同じように認識しなさい」ということは所詮絵空事である。またソフト面もある。これには外的要因と内的要因がある。さきほどの視力を例にしよう。外的要因としては例えば光量である。明るい、暗いだけでも見え方は全く違う。光の当たり方でも異なる。たとえば一枚の絵画を三人で観るとする。するとその三人の立ち位置によって光の当たり方や目に入る光の量が異なるため、三人が全く同じように見えることが絶対にないのである。さらに立ち位置から対象への角度もあるのだから、なおさらである。内的要因について触れたい。たとえば気分という問題を挙げたい。明るい気分、暗い気分、のんびりした気分、いらいらした気分。いろいろある。そのときによってものの見え方、感じ方は全く違う。このように外的及び内的におけるソフト面においても、ものをあるがままに認識することはできない。何らかの条件がかかったり、フィルターを通してしまったりするため、あるがままの姿を認識することはできない。

つまり「写実」なる言葉で言われる「実」などというものが社会や自然といった外的存在のあるがままの姿を指すとするならば、そのようなものは認識できないのだから、写すこともできる訳がない。

ここでこの話を俳句に応用したい。俳句で指導者が簡単に「よくものを見なさい」という。確かに認識において、対象に集中することは大切である。認識には一瞬しか認識できないものもあれば、ゆっくりと時間をかけて己の中に構築していく認識もある。初対面の人の第一印象がそれほど間違っていないこともあるし、ゆっくりと長い時間の付き合いの中でその人物が分かってくるということもある。また集中した結果、一瞬だけ認識できることもある。それがひらめきであったり、宗教的な悟りであったりする。だから、ものを描きだす場合、対象に集中することは重要である。しかしそれは対象の「あるがまま」の姿をとらえることではない。あくまでも認識するためである。だから対象をずっと見続ける必要も実際のところはない。集中しなければならないのは、我々の認識に対してである。何を認識したかということが要なのである。たとえば幼児に動物園でスケッチさせるとしよう。スケッチの明治時代の訳語が「写生」である。そこで或る幼児は空を飛ぶ翼の生えた象を描いたとする。それは写生ではない、ということを私は否定する。その幼児がそう認識したのであれば、それをそのまま写した、その絵はまさにスケッチである。大人の誰かが認識した世界を子どもたちがそのまま描くことは全くもってスケッチではない。たとえばドラッグ常用者が強度の幻覚障害を起こしたとする。その人の認識の中では突然壁から鼠が湧いてきたり、皮下全体を蟻が這い回っていたりすることもあろう。それと一方で我々が暮らしている現実的な世界がある。その人はどちらの世界に生きているかと言えば、前者の世界の中に生きていると言えよう。その世界をそのまま何らかの形で表現したとする。それがたとえ我々にとって異質であっても、その人にとっては「写生」であり、「写実」そのものであることは疑いもない。

写生や写実でいう、「生」とか「実」というものは世界のことである。そして世界とは我々個々の認識のことなのである。よって写生、写実とは自分の認識を如何に凝視するかということにかかってくることになる。そう考えるとシュールレアリスムも「非写実」的と言われるものも全て、写生であり、写実である。もしそれが「非写実」であるならば、それは己の認識をちゃんと認識していないという場合である。その場合にはいかに我々の常識的な考えにおいて「写実」的であっても、根本的には全くもって写実ではないのだ。印象派も写生であり、シュールレアリスムも写生であり、キュビズムも写生だ。個々の認識を写すこと。これのみを写生といい、写実という。私はそう考える。これは俳句にも言える。俳句を詠むときには対象をよく観るのではない。対象を認識している、その認識自体をよく観るのである。人は己の認識以外の世界を認識することはない。もしも認識したとすれば、認識した時点ですでに己の認識になっている。「あるがまま」などというものは認識できる訳がないのである。この写生、写実の観念は美術や俳句だけに関わらず、全ての芸術において言えることであることを付記させていただきたい。

さて、ここで前号の結論に戻りたい。意識は防衛本能として常にさまようということである。一つのことを考え、一つのものに集中するには限界というものがある。そのときに他のことに意識は行ってしまいがちである。よく言えば、気分転換だ。別のものを認識する。もしくは別の対象でエネルギーを解消するとも言える。この気分転換のときに先に集中していたことから全く意識が離れるということはそれほどない。意識に残留した状態で気分転換をする。そのとき別の対象から受けた刺激が、先の対象と結びつくことがある。その刺激が複数であれば、かなり複雑な結びつきをする。そして幸運な者はそこでひらめくのである。もちろん社会的に良いものも、悪いものもある。しかしながら、この結びつきは己の世界をさらに独特なものにする。たとえばダリの場合、一つのものに向かうエネルギーも極めて高いのだが、それだけでは解消できないし、精神的にもたない。そこで多くの対象へとエネルギーが向かっていく。それによってダリ独特の認識という世界が構築され、それを「写実」した結果、あの超現実的な作品が生まれてきた可能性もある。ゆえに我々は一つの対象を表現するときに、それだけに意識を集中してはならないし、集中自体はそれほど長くは続かない。それよりもその表現した対象を軸として、多くのものにエネルギーを向かわせる。そうすることで、対象を軸とする世界、つまり認識が豊かなものになる。そして次の作業が肝心である。その構築された認識を表現したい方法に則って、「写す」のである。もしも「あるがまま」という言葉を使うならば、この時点である。自己の認識という世界を「あるがまま」に写すことが写実であり、写生である。対象に集中するのではない。認識に集中するのである。その認識を豊かにするのが、防衛本能としての意識のさまよいである。

この意識のさまよいによって、たとえば或る対象への集中の行き詰まりが解消され、突然ひらめくこともある。そうすることで、一物仕立ての句にバリエーションが生まれてくる。また、意識がさまようなかで、違うものごとが結びつき、一つの作品となる。つまり取り合わせである。これらは認識したものを凝視した結果、生まれてくるものだ。つまり、「ものを見る」ということはただそれだけの作業ではなく、ものをよく見ることによって、内的世界に外的世界を再構築し、さらにその再構築された世界を凝視する作業を指すのである。さらにそこに意識のさまよいを生み出すことで芸術的な世界へと昇華していく。これが私の写生論である。結局のところは芭蕉が実践した写生論と変わりない。しかし、そこが見失われていると思う。

（「のいず　第二号」平成二十六年下巻）

俳句実験室　寺山修司第一幕

豚と詩人おのれさみしき笑ひ初め　寺山修司

掲句は昭和二十九年一月六日（水）に行われた「寂光」の横斜忌句会において、席題「初笑」に対して、修司が詠んだ句である。「寂光」は高松玉麗（一九〇三―一九九五）が主宰した青森県の俳誌で、昭和五年に創刊し、平成六年に終刊している。

寺山修司（一九三五―一九八三）は詩人、歌人、俳人、劇作家、演劇実験室「天井座敷」主宰、脚本家、映画監督、作家、競馬評論家、文芸評論家など多くの肩書を持ち、マルチな才能と前衛的手法によって、一時代を築き上げた奇才だ。その影響は今も多くの芸術において見られ、その研究も盛んに行われている。拙評は『増補改訂版寺山修司俳句全集』（あんず堂、一九九九年五月）を参考に、修司を俳句の側面から鑑賞していきたい。遠藤若狭男主宰は「蛍雪時代」で修司の選を受け、評者は修司に憧れて、俳句の門を敲いたという経緯がある。

掲句の季語は「笑ひ初め」で新年。修司十七歳、早稲田大学教育学部国語国文学科の入学試験直前の頃である。前々年には全国の高校生に呼びかけ、十代の俳句誌「牧羊神」を創刊。前年は全国学生俳句会議を発足。俳句熱がいかほどか伺われる。

修司には新年の句が少ない。少なくとも第一自選句集『花粉航海』（一九七五年）に新年の句は収められていない。全集を繙いても、なかなか見出すことができなかった。「豚」と「詩人」を並列する掲句における「詩人」とは、そのすぐ後にある「おのれ」のことであろう。「さみしき」は豚と並べる自虐的なさみしさであり、「笑ひ初め」は呵々大笑ではなく、唇の片方だけをほのかに上げたようなニヒルな、自虐的笑いである。思春期の青年の憧れとも言えようか。しかし未熟な句ではない。「豚と詩人」という上六に読み手の関心を一気に引く工夫がなされており、その後の演劇や映画に見られる手法の萌芽をここに見ることができる。「職業は寺山修司」と言ったという逸話があるが、あくまでも逸話だ。修司は多くの文章に「私は詩人」と書いている。詩人になり、詩人であることを生涯誇りにしていた。句中の「おのれ」は修司本人というよりも、作中主体と受け取った方が、修司の場合は無難であろう。しかし、そこに自己投影があったのではないかと思われるほど、寺山修司は「詩人」だったのである。

（「若狭」創刊号　平成二十七年一月号）

俳句実験室　寺山修司第二幕

目つむりて雪崩聞きおり告白以後　寺山修司

初出は昭和三十年一月の「牧羊神」。修司十九歳のとき。『わが金枝篇』『花粉航海』にも収録。季語は「雪崩」で春。

修司は前年に早稲田大学教育学部国語国文学科に入学した。しかし腎臓の病ネフローゼを患い、入院する。昭和三十年に退院するも再発し、再び入院する。何度も絶対安静に命じられるなど長期入院を強いられ、生活保護を受けながら、修司は生死の境を病魔と闘った。この入院時の読書体験が、後の博識さを形成したと考えられる。またネフローゼによる治療が肝臓にダメージを与え、後に死病となった肝臓の障害を起こすきっかけとなったと言われている。

そのような病の中で発表された句である。「告白」はアウグスティヌスの『告白』のような宗教的告白などではなく、恋愛における告白と思われる。作中主体は好きな相手に愛の告白をした。そののち遠くの雪崩を、目を瞑りながら聞いている。告白の回答はどうだったのか。それは記されていない。告白を受け入れられ、心の充実に浸りながら聞いているのか。それとも告白は受け入れられず、無念の中、遠くの雪崩に耳を澄ましているのか。それとも回答は保留され、伝えることのできた満足感と同時に、その答えを早く知りたいような、知りたくないような心地だろうか。それは読者に委ねられている。あなたはどう解釈なさるだろうか。

上五「目つむりて」は修司の代表句〈目つむりていても吾を統ぶ五月の鷹〉と同じである。現在確認されている句で、「目つむりて」という上五はこの二句だけだ。「五月の鷹」は昭和二十九年六月「暖鳥」初出であり、掲句よりもやや先行する。高柳克弘氏が「五月の鷹」の句において指摘するように、目を瞑ることで自分という箱、もしくは密室の中に自分自身を入れている。掲句も視覚を自ら拒否し、己という密室に入りながら、遠くの雪崩を聞いている。句によって提示された情景は、自己世界と外部の世界を聴覚のみによって繋ぐ。もちろん「雪崩」は早春の季語であり、雪国という情景も設定されるから、寒さや風、日の具合等も想定できる。つまり「雪崩」という季語を除くと、この句は聴覚のみとなる。季語によって、表現世界を豊かにする。また「目つむりて」、「告白」という言葉に掲句の青春性を感じるのである。

（「若狭」平成二十七年二月号）

俳句実験室　寺山修司第三幕

十五歳抱かれて花粉吹き散らす　寺山修司

『花粉航海』初出。『花粉航海』は修司第一自選句集。昭和五十年、深夜叢書社刊。無季。

十五歳という少年から青年へと翼を広げようとしているときに、抱かれることによって花粉を吹き散らす。これは青春性のメタファーとも、性の目覚めのメタファーとも捉えることができるだろう。彼を抱いたのは同年齢の異性か、それとも母親か。それとももっと他の女性か、もしくは同性か。また、この句を「寺山修司」という作者の名を外して鑑賞すると、作中主体は女性とも考えられる。女性にとっても十五歳とは多感な時期である。

この句は『花粉航海』初出の句である。『花粉航海』のあとがきにあたる「手稿」で修司は、この自選句集は「『愚者の船』をのぞく大半が私の高校生時代のもの」と記している。青森高校当時の句会記録や「牧羊神」から選句し、さらに「未公刊のものを一〇〇句近く加えた」とある。『花粉航海』は高校時代の作だけでなく、一章「愚者の船」の他にも四十歳を過ぎてからの修司の「新作」がかなり加えられていることが知られている。では、この句はどうだろうか。四十歳代頃の修司の芸術活動を考えるうえでは、あまりに素朴な一句である。もしかしたら「未公刊」のものなのかもしれない。しかし、私はこの句が『花粉航海』の第一章の最初の小章のタイトル「十五歳」のもとになっていること、またこの句に描かれる風景は映画「田園に死す」の一景につながることから、四十歳代の頃の新作と考えたい。「田園に死す」において主人公の少年が隣家の人妻と夜逃げを企てるものの、その人妻は結局待ち合わせ場所にやってこないというシーンがある。この句は『花粉航海』という修司の一つの「創作」の中で、美しく青春性に満ちた「十五歳」という、自らの俳句へのスタートを彩っている。十五歳は修司が俳句を本格的に創作しはじめた年齢である。そして、十五歳という大人でも子どもでもない複雑な想念の極北に寺山作品に通ずるものを見るような気がする。

十五歳のときに吹き散らした花粉は、あらゆる「芸術」という雌蕊に受粉し、その後の修司の多面的な芸術活動へと花開いていく。「過去は一切の比喩に過ぎない」として自伝を書き換えつづけた修司にとって、十五歳は一つのメルクマールになる年齢といえるだろう。

（「若狭」平成二十七年三月号）

俳句実験室　寺山修司第四幕

父を嗅ぐ書斎に犀を幻想し　寺山修司

『わが金枝篇』（昭和四十八年）、『花粉航海』（昭和五十年）所収。無季。

倒置法が用いられているので、普通の文脈で言えば「書斎に犀を幻想し、父を嗅ぐ」となる。その「父を嗅ぐ」を強調するために、上五に置かれている。場面設定は「書斎」だ。「父を嗅ぐ」のであるから、「父の書斎」と考えられるが、作中主体の書斎において、父に関するものに触れたときのことという読みの可能性も残しておきたい。

書斎において、父を「嗅ぎ」、そしてそこに「犀」を「幻想」した。父を思うのでもなければ、感じるのでもない。「嗅ぐ」という五感のうちの嗅覚による刺激。それはとても生々しいもののように思う。それと同時にたとえば父の古い本を繙いたところ、父が昔吸っていた煙草の香りが残っていたというノスタルジーな設定も考えられるが、この場合も「嗅ぐ」ことによって、その当時の父を生々しく思い出しているということになる。つまり「父を嗅ぐ」には、生々しく父を思い出している、感じているということが読みとれるだろう。

そしてそれは「犀」へと結びつく。あの硬い皮膚を持ち、角も持ち、敵に目掛けて一心不乱に走り抜いていくあの哺乳類である。それは「越えがたい強烈な壁」「強いものへの畏怖」というものが想定される。しかし、それだけだろうか。たとえば動物園で犀をスケッチする子どもたちは、そのような畏怖の対象として描いているだろうか。それよりも「強いものへの憧れ」「かっこよさ」というプラスの感情があるだろうし、まずはその変わった形態に関心がいくように思う。そう考えると、この句の「犀」は畏怖や越えがたい壁というマイナス的なイメージだけでなく、憧れやかっこよさというプラスのイメージを同時に「犀」によって表現しているのではなかろうか。そして変わった形態である「犀」に父を託すことは、表現者として父を客観的に表現し、自己と父との差異を感じたうえで、なおもそこにある畏怖、恐怖、憧れ、かっこよさを思う自分を拭えないというところまで考えるのは深読みというものだろうか。

最後になぜ「犀」なのか、ということについて。これは書斎（syosai）の（sai）から（sai）犀を導き出したという音韻的な或る種の遊びという可能性も記しておきたい。

（「若狭」平成二十七年四月号）

父還せ　寺山修司「五月の鷹」考

寺山修司第一句集『花粉航海』は昭和五十(一九七五)年一月十五日に深夜叢書社から刊行された。全二三〇句の巻頭を飾る句が

目つむりていても吾《あ》を統《す》ぶ五月の鷹

という、修司の代表句とされる一句である。

夏石番矢は「寺山修司の父恋いの情の一変種が見られる」とし、遠藤若狭男は「この一句の中に幼い日に父を亡くした寺山修司の父恋うる深い思いが貫かれている（中略）父の幻影を見ていたのではなかったか」と記し、高野ムツオは「不安定な心が、自分を受け入れ、そして、導いてくれる父なる存在を求める」と言う。また、葉名尻竜一は次のように記す。

「この場合の『鷹』は、精神分析でいう〈超自我〉のように、禁止の役割を担うことで『吾』を統制するもの。つまり、象徴化された『父』を意味していよう。その『父』の不在のもとで、寺山は『吾』を形成しなければならなかった」

葉名尻の「精神分析でいう」という説明は精神分析論の検討など慎重を期す必要があるものの、いずれもこの句と「父」を結びつけている。

寺山修司と言えば、まず「母」の存在が語られるだろう。では父はこの『花粉航海』や「目つむりて」の句において、どのように扱われているのだろうか。また「五月の鷹」を父の象徴と捉えた場合、この

句の解釈の可能性はどのように広がるのであろうか。本小論において、これらの点を考えてみたく思う。

父・寺山八郎《はちろう》は警察官として勤務ののち、特別高等警察官を勤めた。昭和十六(一九四一)年、修司五歳のときに召集、南方戦線へ出征。昭和二十(一九四五)年九月二日、セレベス島(現在のインドネシア共和国スラウェイ島)にてアメーバ赤痢を発症し、戦病死。遺骨は帰らなかったようで、分骨の際も墓の下の土を骨壺におさめたという。文章が巧く、修司の文才は父親から譲り受けたものと萩原朔美は述べている。

修司は「父は戦病死」としながらも、その死因はアルコール中毒と必ず記す。過去の一切を比喩として、己れの歩んだ道を創作、改作しつづけた修司の「嘘」の一つとも考えられる。しかし必ずと言ってよいほど「アルコール中毒で死んだ」と書いていることから嘘ではなく、修司は本当にそう思い込んでいたのかもしれない。

いずれにしても修司が父と過ごしたのはわずか五歳までであり、九歳のときには戦病死によって、二度と父に会うことはなくなった。葉名尻の記すように修司は父の不在のなか、自己形成をしていかなければならなかった。

その父は修司の句のなかにどれほど登場するのか。母の句と合わせ、次に見てみたい。

『寺山修司俳句全集・増補改訂版』には九百九十句が収録されている。修司が句作に励んだ昭和二十五(一九五〇)年から昭和三十(一九五五)年の句及び、宗田安正などが指摘しているように、それよりも後年の作とおぼしき作品を中心に構成されている。ここから父、母の登場する句をカウントした。「神父」「母校」など親である父母を指さない場合は除いた。

父の句は九百九十句中三十五句、全体の約三・五パーセント。母の句は百三十五句、約十三・六パーセント。確認されている修司の句の一割以上が母を詠んだものであることがわかる。対して父の句はとても少ない。父と過ごしたのはたった五年間の幼き日々であり、その後の母一人子一人という家族構成から考えて、修司の中心には父ではなく、母一人がいたであろうことは理解できる。また多くの「父」が戦死し、母子家庭が大量に発生した戦後の社会状況を意識していたとも考えられる。修司が自己体験のなかだけではなく、社会状況を踏まえ、社会性という枠組みのなかで作句していたことは、黒瀬珂瀾などが指摘するところである。さらに細かく見てみたい。

昭和二十五年から昭和三十年まで、および昭和三十二年に初出が見られる句数および、そのうち父の句、母の句の数とその割合を示したのが、下の表である。

たとえば、昭和二十五(一九五〇)年から昭和二十六年にかけて初出が見られる句は八十二句。そのうち父は四句、四・八パーセント。母は八句、九・七パーセントとなる。全体を見て、母の句が占める

昭和25年から昭和30年まで及び昭和32年初出句における父句・母句の数と割合

初出年	初出数(句)	父(句)	父の割合(%)	母(句)	母の割合(%)
昭和25〜26年	82	4	4.8	8	9.7
昭和27年	345	6	1.7	55	15.9
昭和28年	251	5	1.9	42	16.7
昭和29年	132	3	2.2	12	9.0
昭和30年	30	2	6.6	4	13.3
昭和32年	3	0	—	1	—
計	843	20	2.3	122	14.4

割合は九・〇パーセントから十六・七パーセントである。それに対し、父は一・七パーセントから六・六パーセントである。一割にも遠く及ばない。ただし昭和二十七年の一・七パーセントを最低値として、一年ごとに割合が上昇している。昭和二十七年は修司十六歳、昭和三十年は十九歳。思春期からの成長の過程で、同性の親たる父の存在をだんだんと強く意識していったのだろうか。今挙げた句は計八百四十三句。父は計二十句、二・三パーセント。母は百二十二句、十四・四パーセント。母の句は父の句の六倍以上の数がつくられ、全体の約一・五割を占めている。では次にここでは触れなかった百四十七句を含む作品集・句集収録句を見てみたい。

百四十七句は前記までに初出が確認できなかったものである。句集などに収録された句が大半である。これらを含む作品集・句集収録句について、次表をご参照いただきたい。

中井英夫の好意で編まれた第一作品集『われに五月を』(昭和三十二〈一九五七〉年一月、作品社発行)には九十一句が収録され、父の句は三句、三・二パーセント。母は十四句、十五・三パーセント。母の句は父の句の約五倍であり、全体の一・五割強を占める。

『わが金枝篇』(昭和四十八〈一九七三〉年七月、湯川書房発行)には百十七句が収録され、父の句は九句、七・六パーセント。母は十一句、九・四パーセント。その

作品集・句集収録句における父句・母句の数と割合					
書名	収録数（句）	父（句）	父の割合（%）	母（句）	母の割合（%）
『われに五月を』	91	3	3.2	14	15.3
『わが金枝篇』	117	9	7.6	11	9.4
『花粉航海』	230	15	6.5	20	8.6
『わが高校時代の犯罪』	29	2	6.8	6	20.6

差は二句、一・八パーセントの差である。これまで見てきたなかでは父と母の差がきわめて小さい。

第一句集『花粉航海』は二百三十句を収録し、父は十五句、六・五パーセント。母は二十句、八・六パーセント。唯一、父の句が十句を超えているのが、この『花粉航海』である。「別冊新評・寺山修司の世界」(昭和五十五〈一九八〇〉年四月、新評社発行)所収の自選句集「わが高校時代の犯罪」は二十九句収録。父は二句、六・八パーセント。母は六句、二十・六パーセント。ここで再度父と母の差が大きくなる。

修司が青春時代に作句したもの及び修司二十一歳の書『われに五月を』収録句において、母の存在が圧倒的であり、父の影は薄い。しかし『わが金枝篇』『花粉航海』では母の句を上回りはしないものの、その存在感を濃くしている。前述のように父の句は三十五句、母は百三十五句。そのうち昭和三十二年以降、主に句集などを初出とする百四十七句のなかには父と母は、どれだけけいるのだろうか。父は十五句、母は十三句である。父の方が二句多い。ここで注目したいのはこの父十五句が三十五句中の十五句であり、その割合は四十二・八パーセントということである。対して母の句十三句は母の句全体の九・六パーセントに過ぎない。

母の句のほとんどは青春時代に詠んだものである。そしてその青春を経て三十歳を過ぎると、今度は父の句を詠みはじめた。また、父の句十五句中、十二句が『わが金枝篇』以降に初出。対して『わが金枝篇』以降に初出が確認される母の句は十句である。

『わが金枝篇』『花粉航海』の時期は、修司の俳句史上において、もっとも父を意識していた頃と考えることができるのではないだろうか。

では、次に『花粉航海』に収録された父の句を挙げたい。

父を嗅ぐ書斎に犀を幻想し
午後二時の玉突き父の悪霊呼び
桃うかぶ暗き桶水父は亡し
癌すすむ父や銅版画の寺院
裏町よりピアノを運ぶ癌の父
冬髪刈るや庭園論の父いずこ
テレビに映る無人飛行機父なき冬
亡き父にとゞく葉書や西行忌
麦の芽に日当るごとく父が欲し
父と呼びたき番人が棲む林檎園
冷蔵庫の悪霊を呼ぶ父なき日
父へ千里水の中なる脱穀機
月光の泡立つ父の生毛かな
法医學・櫻・暗黒・父・自瀆
手で溶けるバターの父の指紋かな

全十五句。有季九句(春二句、夏一句、秋三句、冬三句)、無季六句。『わが金枝篇』以前初出の句三句について、「桃うかぶ」は昭和二十九(一九五四)年十月「牧羊神」初出。「麦の芽に」は昭和二十九年二月「牧羊神」初出。「父と呼びたき」は昭和三十年一月「牧羊神」初出。
『花粉航海』のあとがきである「手稿」に『愚者の船』をのぞく大半が私の高校生時代のもの」とあるので、「愚者の船」という章の「冬髪刈るや」は後年の作と修司自身認めるところである。

これら十五句のほとんどが「父の不在」「父の喪失」を詠んでいる。

「父を嗅ぐ」書斎に父はいない。「午後二時の」では、父は死して悪霊。「桃うかぶ」では「父は亡し」。「癌すすむ」と「裏町より」では死病を患う父。「冬髪刈るや」は「父いずこ」により不在。「テレビに」は「父なき冬」。「亡き父に」の不在。「麦の芽に」では「父が欲し」なので、父は不在。「父と呼びたき」は番人であり、本来父と呼ぶべき父の不在を思わせる。「冷蔵庫の」は「父なき日」。「父へ千里」という、身近における父の不在。あの世の父をも想起させる。「手で溶ける」は、指紋という父の実在を証するものが、自らの手の内で溶けてしまう喪失感。「法医學」については解釈の難しいところであるが、「櫻」「自瀆」に喪失を、「暗黒」に不在を読むこともできよう。

つまり十五句中十四句が父の不在や喪失をテーマとするか、もしくは含んでいる。残り一句については後に触れたく思う。

以上のように『花粉航海』には不在である父の句が意識的に選ばれ、収録されている。これは同書収録の母の句、

　　母は息もて竈火創るチエホフ忌
　　暗室より水の音する母の情事

とは大きく異なる。ここに描かれているのは、実在・存在する母だからである。

昭和四十八年刊『わが金枝篇』には父の句が九句収録され、うち八句が『花粉航海』に再録されている。後者において選外となったのは次の一句である。

訛り強き父の高唄ひばりの天

この句には大声で歌い上げる「生きる父」が描かれている。それゆえ「不在の父」を意識した『花粉航海』では選外になったのだろう。ちなみに共通して収録されているのは「父を嗅ぐ」「午後二時の」「桃うかぶ」「癌すすむ」「裏町より」「麦の芽に」「父と呼びたき」「父へ千里」以上八句である。「冬髪刈るや」「テレビに」「亡き父に」「冷蔵庫の」「月光の」「法医學」「手で溶ける」はいずれも『花粉航海』を初出とする。

『花粉航海』は『旧約聖書』「創世記」の引用からはじまる。

彼は定住の地を見て良しとし、
その国を見て楽園とした。
彼はその肩に下げてにない、
奴隷となって追い使われる。
ロバの木をぶどうの木につなぎ、
その雌ロバの子を良きぶどうの木につなごう。

第一連、第二連、ともに「創世記」四十九章に記される。この章はイスラエル十二部族の祖たちに、その父ヤコブが預言、祝福するという内容だ。第一連はイッカサルへのもので、定住の地を見つけ楽園とし、のちに奴隷になるという。第二連はユダへの預言の一部。「ロバの木」はロバの子の誤りと考えられる。ロバの子を葡萄の木につなぎ、雌ロバの子をよい葡萄の木につなごうという。「句」集冒頭にあることから、ここに俳句を当てはめて考えたい。

第一連の「定住の地」「楽園」は俳句。その十七音の詩型を「下げてにない」、俳句自体の「奴隷となって追い使われる」。「ロバの子」「その雌ロバの子」は俳人。「ぶどう」は多産の象徴。俳句作品の多産に喜ぶも、所詮はつながれた奴隷の身。これは俳人を揶揄したものではなく、修司自身の率直な感想のように思う。

彼は自著『誰か故郷を想はざる』のなかで、俳句を「亡びゆく詩形式」と呼びながら、その「反近代的で悪霊的な魅力」を認めている。また昭和五十三（一九七八）年刊『黄金時代』のあとがきに「俳句は、おそらく、世界でももっともすぐれた詩型であることが、この頃、あらためて痛感される」と記す。『花粉航海』「手稿」には「齋藤愼爾のすすめを断りきれず」まとめたとあるが、これを機会に俳句を再評価し、のめり込んでいったのか。それがこの冒頭引用部に隠されているように思う。それは修司最晩年の俳句同人誌「雷帝」の構想へとつながっていく。

以上のように『花粉航海』冒頭「創世記」からの引用部分について、一解釈を試みた。この部分について触れているのは管見の限り、夏石番矢のみである。修司と引用は切っても切り離せない関係である。今後より多くの方々の考察を期待したく、記させていただいた。

目つむりていても吾《あ》を統《す》ぶ五月の鷹

『花粉航海』冒頭に収録されるこの句は、昭和二十九年六月の「暖鳥」初出。その後『われに五月を』『わが金枝篇』「わが高校時代の犯罪」にも収録されている。『われに五月を』では、俳句の章としては第一章目になる「燃ゆる頰」に

ラグビーの頰傷ほてる海見ては

車輪繕う地のたんぽゝに頰つけて

に続く第三句目に収録されている。『花粉航海』の第一章である「草の昼食」の第一部「十五歳」の第一句目として収録される。「草の昼食」とはマネの作品「草上の昼食」を思い出させるような言葉である。また、晴れた日の広い草原を眼前に浮かび上がらせる。次に「十五歳」。そしてこの句。つまり晴れた草原と十五歳の修司青年を頭の内に描かせたうえで、この句を読ませている。しかし初出時の修司は十八歳。すでにここに修司のイメージ操作による虚構の創作がはじまっている。少なくとも『花粉航海』編集時において、そのような意図があったものと考えられる。

こうして「目つむりて」という句は我々の前に現れる。前述のように、この「五月の鷹」を亡き父の象徴と識者たちは捉えている。その点を考えるにあたり、修司の句に登場する鷹について、次に見てみたい。

鷹が登場する句は全九百九十句中六句。

鷹の前夏痩せの肩あげていしか

鷹哭《な》けば鋼鉄の日に火の匂ひ

鷹舞へり父の偉業を捧ぐるごと

目つむりていても吾《あ》を統《す》ぶ五月の鷹
明日もあれ拾いて光る鷹の羽根
みなしごとなるや数理の鷹とばし

初出の早い順に並べた。「鷹の前」は昭和二十七（一九五二）年十月「麦唱」初出。その後、同年十一月「暖鳥」にもある。「鷹哭けば」は昭和二十七年十一月「暖鳥」初出。「鷹舞へり」は昭和二十八年三月「青い森」、同年同月「青森高校生徒会誌」初出。「目つむりて」は前述のとおり、昭和二十九年六月「暖鳥」初出。「明日もあれ」は昭和二十九年十月「牧羊神」初出。その後、昭和三十年一月「暖鳥」にもある。『われに五月を』では

明日はあり拾ひて光る鷹の羽毛

とあり、「明日も」が「明日は」に、「拾い」が「拾ひ」に、「羽根」が「羽毛」になっている。『わが金枝篇』では

明日はあり拾いて光る鷹の羽根

とあり、上五の三文字目「も」が「は」になっている。「みなしごと」は『花粉航海』初出。

一句目、二句目が載る昭和二十七年十月「麦唱」と同年十一月「暖鳥」には他にも動物の句があり、かつ「檻」が登場するので、動物園での光景と考えられる。「鷹の前」は鷹の前での緊張感を詠む。「鷹哭けば」の「鋼鉄」は檻のことであろう。「鷹舞へり」には亡き父が登場する。鷹が父の象徴になっている訳ではないが、鷹と父を結びつけている点に注目したい。五句目「明日もあれ」は鷹の羽根に明日への希望を託している。ただしそれは羽根であって、鷹そのものは登場しない。六句目「みなしごと」

は「みなしご」から親との関係を示唆するが、「数理の鷹」は理論上、または抽象的な鷹であり、具体物としての鷹の登場を避けている。つまり前三句は具体的に鷹が登場するが、後二句は鷹の存在を匂わせるものの、具体物として鷹という動物が句の景色に登場するものではない。

以上をふまえたうえで「目つむりて」の句を考えてみたい。

「鷹舞へり」において、鷹と父が修司のなかで結びついている。この句の初出は昭和二十八年三月。「目つむりて」は昭和二十九年六月初出。青春時代の修司が「五月の鷹」に亡き父を象徴させたことは充分に考えられる。そして三十歳を過ぎた『花粉航海』編集時においても、そのことを思い出し、同じ理解のもと、この句を捉えていた可能性は高いといえよう。また、「目つむりて」と後二句はともに『花粉航海』に収録されていることから、同書編集時において、修司は「目つむりて」の景色のなかに具体物としての鷹を登場させないイメージで、この句を扱ったのではないかとも考えられる。それはどういうことか。次に考えてみたい。

『花粉航海』を開く。読者は「創世記」からの引用により書物の世界へと導かれる。そして「草の昼食」という言葉に草原をイメージし、次に「十五歳」の修司青年をそこに立たせ、「五月」により薫風を吹かせ、「鷹」が青空を舞う。このような景色をイメージするだろう。それに間違いはない。しかしこの句の本当の景色は異なるように思う。

この句の主人公は「吾」であり、目を瞑っているのも「吾」だとすれば、そこに広がる世界は真っ暗なはずである。勿論視覚を閉ざしても、他の感覚器官により草原や薫風、日のあたたかさは感じられる。

しかし目の前は真っ暗なのである。

髙柳克弘が記すように「吾」は目を瞑ることで「密室」に入った。その暗闇でも、飯田龍太が書くように一羽の鷹が「胸中を占め」ていたのかもしれない。しかしそこに具体物としての鷹、生きている動物としての鷹は、いない。そこに描かれているのは胸中の鷹だ。鷹、いや。もう、いいだろう。本当のことを言おう。父だ。父はもういない。死んだのだ。

木の葉髪父が遺せし母と住む

単なる母ではない。「父が遺せし」母なのだ。その父は今も私を統べている。草原。太陽。薫風。統べられている。この、恍惚感。父よ。あなたは五月の、鷹なのである。

『花粉航海』には父も鷹も、その不在や喪失を詠んだ句が収録された。また同書は句数の割合などから考えて、父を強く意識したうえで編まれている。それゆえに、父と鷹を結びつけ、かつその不在を言いながらも、今なお「吾」を統べる父という大いなる存在を詠んだ、この句こそが『花粉航海』の第一句目としてまさに相応しいのである。

この句の、統べられている「吾」と、冒頭の「創世記」からの引用部分第一連の「奴隷」との有機的な関連も指摘しておきたい。この関連をふまえれば、岸田理生が記すような、吾を統ぶと同時に吾が統ぶでもあるという解釈は、素直に肯えるものではない。

「目つむりて」の句は不在の父の存在を表現している。ここで想像の翼を広げさせていただきたい。修司は『花粉航海』にひとつまみの祈りを加えた。それは不在の父の再生である。

枯野ゆく棺のわれふと目覚めずや

という句に見られるように、死を虚構化することで復活や再生を描くことが修司にはある。『花粉航海』収録の父の句で、まだ触れていない一句がある。

月光の泡立つ父の生毛かな

この句は他の十四句のように父の不在や喪失をそのまま表現したものとは思えない。描かれている父は遺体であり、「亡き父」なのだろうか。いや。思うにこれは遺体ではなく、再び生まれてきた父の姿ではなかろうか。生毛というやわらかなイメージもそうだが、「月光の泡立つ」に再生や、「竹取物語」のような不死を思う。

父の不在を詠み、それでもなお吾を統べる父の存在を詠み、ついにはその再生の姿までも描いた、というのは考えすぎであろうか。しかし修司であれば、そのような壮大なストーリーを十七音の詩型を集めた一句集に隠したとしても、不思議ではないように思う。一つの仮説として挙げたい。

次に、別の解釈を提案してみたい。「目つむりてい」るのは「吾」だと、どの鑑賞文でも記されている。しかしこの句を素直に読むと瞑っているのは「鷹」ではなかろうか。

黒瀬珂瀾は「いても」の下に切れがあり、瞑っているのは鷹と読むことは「誤読」であると記す。しかしこの句はそこで明確に切れている訳ではない。「いても」の下に切れがあるというのは、単に「そう読める」というだけの話である。それゆえ、切れていない読みも成り立つだろう。成り立つのであれば、やはり目を瞑っているのは鷹と読める。

しかし問題が一つある。鷹が目を瞑っているか否か、はたして分かるものだろうか。勿論飛んでいる鷹ではわからない。

動物園で檻の中の鷹を観察した。檻という限定された空間内でさえ、飛ぶ鷹の目が瞑っているか否かはわからない。では他にどのような場合が想定できるだろうか。檻の中でとまっている鷹の目は観察できた。また鷹匠の腕にとまる鷹の目も観察可能である。

しかし前述のように、この句は「草の昼食」「十五歳」という言葉によって、晴れた草原に修司青年が立っている景色を思い描かせるようになっている。そこに動物園や鷹匠の入る余地はない。今一度思い出したい。この句は不在の父が統べる者として存在していることを表現している。つまり不在の存在である。そして父は「亡き父」である。ここに一つの突破口が現れる。

つまり修司青年の前にいる鷹は、死骸である。

五月の薫風吹く草原に一人立つ修司青年。彼の目の前には目を瞑る一羽の鷹の死骸。まだ蛆もいぬ、きれいな姿のまま。じっと見つめる。鷹に統べられているように目を背けることができない。死との対峙。この鷹のように、父は死んだ今でもなお吾を統べている。死んでもなお存在している。この鷹と同じように。

寺山修司第一句集『花粉航海』の冒頭句「目つむりていても吾《あ》を統《す》ぶ五月の鷹」の「鷹」は亡き父の象徴であるのか。同書及びこの句において、父、鷹はどのように扱われているのか。これらについて『寺山修司俳句全集・増補改訂版』所収の全九百九十句を概観しつつ考えてみた。

父の句は母の句よりも圧倒的に少ないものの、その約四割強が『花粉航海』に収録されている。かつ収録句のほとんどは青年時代以降、おそらく同書編纂に合わせて作句されたものだろう。また収録句は父の不在、喪失を詠んだものが意識的に選ばれている。想像の域を出ないが、父再生の祈りとも思われる句も一句収録されている。以上の点から「亡き父へのオマージュ」という同書の一面を見出した。

次に『花粉航海』冒頭の『旧約聖書』「創世記」からの引用部分を検討し、それが再び俳句の魅力に囚われそうになっている修司の素朴な感想をシンボライズしたものである可能性を示した。この引用部分はこれまでほとんど触れられてはこなかった箇所であり、より多くの識者による考察を期待したい。

同書第一章「草の昼食」第一部「十五歳」というタイトルが第一句目「目つむりて」の景色をイメージさせる布石になっており、修司の巧みな計算がうかがわれる。

全九百九十句中六句ある、鷹の句を検討した。その結果、「五月の鷹」を亡き父の象徴とすることは充分に考えられることであり、また『花粉航海』収録の他の鷹の句二句から「目つむりて」の句においても、具体物としての、生きている鷹は不在である可能性を挙げた。同書においては父と鷹に「不在」という共通項がある。それらを踏まえてこの句の解釈を試みた。

「誤読」とまで言われた「目を瞑っているのは鷹」という解釈の可能性を「亡き父の象徴である鷹は、すでに死んでいる状態」という点から示唆した。

最後にこの句に戻りたい。

明日もあれ拾いて光る鷹の羽根

鷹の羽根に明日への希望を見た。この光のなかに、亡き父の再生・復活への祈りを感じずにはいられない。作品上で何度も母を殺すことで母恋いを表現した修司の父恋いについてはこれまで多くの方々が触れてはいるものの、その詳細な分析についてはいまだなされていなかった。その父恋いのなかに「父の再生・復活への祈り」が含まれていることを、俳句の方面から見出すことができたのではないかと思う。安井浩司が記すように「寺山俳句は自身が自身を救済している」。

全九百九十句の最後、昭和五十六(一九八一)年二月「河」初出の句を挙げたい。

父ありき書物のなかに春を閉ぢ

この修司最晩年に見られる父恋いの思い。そして俳句への再びの意欲。この重なるものは何か。まさか俳句同人誌「雷帝」の雷帝とは父のことではあるまい。ただ俳句回帰願望と同時期に父への回帰願望があったことは事実と考えてもよいのではないだろうか。

『誰が故郷を想はざる』において「父親は克服すべき日本の『近代』の暗い象徴にすぎなかった」という小川太郎の意見は、少なくとも『わが金枝篇』や『花粉航海』には通用しない。真相を尋ねようにも、修司は『花粉航海』のなかを光よりも速い言葉とともに駆け抜け、巻尾。

月蝕待つみずから遺失物となり

いなくなってしまった。

【参考文献】

寺山修司『誰か故郷を想はざる—自叙伝らしくなく』一九七三年　角川書店(文庫)

寺山修司『書を捨てよ、町へ出よう』一九七五年　角川書店（文庫）
寺山修司『さかさま博物誌　青蛾館』一九八〇年　角川書店（文庫）
寺山修司『寺山修司全詩歌句』一九八六年　思潮社
寺山修司『黄金時代』一九九三年　河出書房新社（文庫）
寺山修司『海に霧―寺山修司短歌俳句集』一九九三年　集英社（文庫）
寺山修司『寺山修司俳句全集・増補改訂版』一九九九年　あんず堂
寺山修司『花粉航海』二〇〇〇年　角川春樹事務所（文庫）
寺山修司『われに五月を』二〇〇〇年　角川春樹事務所（文庫）
寺山修司『寺山修司の俳句入門』二〇〇六年　光文社（文庫）
『寺山修司全仕事展　テラヤマワールド』一九八六年　新書館
『新文芸読本　寺山修司』一九九三年　河出書房新社
『新潮日本文学アルバム五十六　寺山修司』一九九三年　新潮社
『寺山修司ワンダーランド』（新装版）一九九三年　沖積舎
『没後二〇年　寺山修司の青春時代展』二〇〇三年　世田谷文学館
『KAWADE夢ムック文藝別冊　［総特集］寺山修司』二〇〇三年　河出書房新社
「現代詩手帖　一九八三年十一月臨時増刊　寺山修司」一九八三年十一月　思潮社
「太陽」第二十九巻第九号　一九九一年九月　平凡社
「雷帝」創刊終刊号　一九九三年十二月　深夜叢書社

「ユリイカ臨時増刊」第二十五巻十三号　一九九三年　青土社
「江古田文学」第十三巻第二号　一九九四年三月　江古田文学会
「現代詩手帖　四月臨時増刊　寺山修司［一九八三―一九九三］」二〇〇三年四月　思潮社
「寺山修司研究」創刊号　二〇〇七年五月　文化書房博文社
三浦雅士『寺山修司―鏡のなかの言葉』一九八七年　新書館
萩原朔美『思い出のなかの寺山修司』一九九二年　筑摩書房
齋藤愼爾・坪内稔典・夏石番矢・復本一郎編『現代俳句ハンドブック』一九九五年　雄山閣出版
小川太郎『寺山修司　その知られざる青春―歌の源流をさぐって』一九九七年　三一書房
俳筋力の会編『無敵の俳句生活』二〇〇二年　ナナ・コーポレート・コミュニケーション
シュミット村木眞寿美『五月の寺山修司』二〇〇三年　河出書房新社
仙田洋子『セレクション俳人九　仙田洋子集』二〇〇四年　邑書林
藤吉秀彦『寺山修司』二〇〇四年　砂子屋書房
吉原文音『寺山修司の俳句　マリン・ブルーの青春』二〇〇五年　北溟社
高取英『寺山修司　過激なる疾走』二〇〇六年　平凡社（新書）
北川登園『職業、寺山修司。』二〇〇七年　ＳＴＵＤＩＯ　ＣＥＬＬＯ
髙柳克弘『凜然たる青春―若き俳人たちの肖像』二〇〇七年　富士見書房
酒井弘司『寺山修司の青春俳句』二〇〇七年　津軽書房
塚本邦雄『百句燦燦　現代俳諧頌』二〇〇八年　講談社（文芸文庫）

坂口昌弘『ライバル俳句史　俳句の精神史』（第二版）二〇一〇年　文學の森
萩原朔美『劇的な人生こそ真実　私が逢った昭和の異才たち』二〇一〇年　新潮社
松井牧歌『寺山修司の牧羊神時代　青春俳句の日々』二〇一一年　朝日新聞出版
葉名尻竜一『コレクション日本歌人選四十　寺山修司』二〇一二年　笠間書院
高野ムツオ『ＮＨＫ俳句　大人のための俳句鑑賞読本　時代を生きた名句』二〇一二年　ＮＨＫ出版
安井浩司「寺山修司」（「俳句研究」第四十七巻第八号　一九八〇年八月）
飯田龍太「龍之介と寺山修司と」（「俳句研究」第五十四巻第一号　一九八七年一月）
夏石番矢「人生を忘却するために―『花粉航海』とは何か」（「國文學 解釈と教材の研究」第三十九巻第三号　一九九四年二月）
宗田安正「寺山修司『花粉航海』」（「俳壇」第十九巻第十二号　二〇〇二年十一月）
五十嵐秀彦「寺山修司俳句論―私の墓は、私のことば」（「雪華」二〇〇三年十二月号）
五十嵐秀彦「言語の風狂　その後の寺山修司俳句論」（「雪華」二〇〇五年十一月・十二月合併号）
黒瀬珂瀾「寺山修司、一〇代の花」（「ユリイカ」第四三巻第十一号　二〇一一年十月）
遠藤若狭男「さびしい男の影―寺山修司へ」（「俳句界」第一九〇号　二〇一二年五月）
冨田拓也「百句晶々」（「スピカ」ホームページ内　http://spica819.main.jp/100syosyo）
（二〇一三年五月十二日「週刊俳句」第三百十六号）

みかんのうた

高柳克弘（「鷹」編集長）

澤田和弥くんとは、浜松北高校時代からの友人である。そこから同じ早稲田大学文学部に入ったので、一年生の春には、いっしょにサークル探しをしようということになった。映画や小説、演劇のサークルをまずまわってみて、おたがい「何か違うね」という表情になり、そのあと、短歌や俳句のサークルに行ってみた。

彼は寺山修司に憧れていて、寺山は若い頃から俳句や短歌に打ち込んでいたから、ぜひやってみたいという。気乗りはしなかったが、澤田くんの勢いに押されて、まずは短歌サークルをのぞいてみたが、三十人以上が在籍する活気ある会で気後れしてしまい、そそくさと退席した。

次に訪ねてみた俳句サークルは、指折り数えるほどしかいなかった。ドイツ語研究会という別のサークルと部室を共有していて、書棚の本は混沌としていた。二人とも、やや変わり者の集まりといった雰囲気のこちらの方が肌に合っていたので、結局「早稲田大学俳句研究会」に所属することになった。

澤田くんがいなかったら、私は俳句をはじめていなかったと思う。一生をかけるに値する文芸に導いてくれたこと、感謝の念は尽きることがない。

私はいろいろな人と付き合うのが苦手なので、交友範囲を「俳研」以外に広げようとしなかったが、彼は「稲門会」という地元浜松出身の早稲田生が集まる会にも参加していた。たしか、三年生のときには幹事長にもなり、大所帯をまとめていたのではなかったか。面倒見の良い人だった。

早稲田の「けめこ」という小料理屋さんでバイトをしていて、そのおかみさんと親しくしていた。彼がバイトをしているかもしれないと、何度か食べに行ってみたが、結局そこで会えたことはなかった。「けめこ」の定食はすごく美味しかった。

ラーメンが好きだったのも、よく覚えている。ラーメン屋の立て直しを描いた伊丹十三監督の映画『タンポポ』が、すごく感動するから観てみろといわれて、観てみたら本当に感動した。文学や芸術に造詣が深くて、私は彼の審美眼を信じていた。

お酒も、カラオケも好きだった。どういうメンバーだったか忘れてしまったが、四、五人でいっしょにカラオケにいったときに、彼はＳＥＸ ＭＡＣＨＩＮＥＧＵＮＳの「みかんのうた」を選曲した。あれは愛媛みかんの歌なのだが、同じくみかんで有名な浜松出身の澤田くんは、なにか歌詞に共感するものがあったのだろう。途中で、「みかんみかんみかん！」と「みかん」を連呼するくだりがあるのだが、カラオケの長椅子にはだしになって飛び乗って、ぴょんぴょん跳ねながら熱唱している。ふと見ると、はだしの足に血がついていた。割れたコップのかけらが椅子の上にころがっていて、それを踏んでしまったのだ。でも、彼自身は気がついていなかった。まわりの仲間が血のついていることを指摘すると、「あっ」と小声をあげてびっくりしながらも、「だいじょうぶ、だいじょうぶ」とにこにこしている。とても彼らしい場面だった。

こうして書いていると、断片的な記憶しか残っていないことがなんとも歯がゆい。私にはメモや日記を書きとめる習慣もなく、いいことも悪いこともすぐに忘れてしまうたちなので、彼についての記憶もかなりの部分が消えてしまっていることに、愕然とする。

陰気で内省的な私とは違って、澤田くんはエネルギッシュで、開放的で、人というものが好きな人だった。本人が、自分の事をどう思っていたのかは、わからない。実際にはそうではない面もあったには違いない。しかし、私の前にあらわれるときの彼は、いつもそんな印象だった。学生時代、この世界が「生きるに値しない」と考えていた私だったが、彼の善性に触れるたびにいつも、「生きるに値する」と思わせてくれた。

彼と会うときはくだらない話題ばかりしゃべっていて、お互い俳句作者であるにもかかわらず、俳句について真剣に討議したことはほとんどなかった。句集を出すときに草稿を見せてくれて助言を求められ、「俳句とは何か」について、かなり突っ込んだ話をしたことは、今となっては貴重な思い出だ。

手元に、「早大俳研　第四号」という薄い雑誌がある。「早稲田大学俳句研究会」で一年に一回刊行していた機関誌だ。平成十四年、二十二歳の澤田くんの作品も載っている。いくつか作品を拾いたい。

多喜二忌やバイト終はりて吸ふ煙草　和弥

多喜二忌は、小林多喜二の忌日。二月二十日。特高警察による拷問死であった。「仕事終はりて」ではなく、「バイト終はりて」が良い。労働者の苦しみをテーマにした多喜二のことを、アルバイトをしている学生もまた思っているというところに独自の切り口がある。

花の昼窓開けたまま横になる

花見に出かけるという気分ではないのだ。ただ窓を開けて、ごろりと横になって、桜を眺める。これはこれで、ひとつの花の賞玩のスタイルである。あまり作品と作者を結びつけて鑑賞するべきではないが、この横になった人物はやはり澤田くんを彷彿とさせる。

昔見し詩集手にする春の宵

「昔読みし」ではない。「昔見し」ということで、作品ばかりではなく、本の装丁や形なども含めた、本そのものを味わっているようなニュアンスになっている。詩を心から愛している作者だと思う。

あとがき

渡部有紀子（「天為」同人）

澤田和弥さんは平成二十七年(二〇一五)五月九日に三十五歳の若さでこの世を去りました。平成二十四年(二〇一二)に第六回天為新人賞、平成二十六年(二〇一四)に第一回俳人協会新鋭評論賞準賞と、俳壇での評価を得はじめていた矢先のことでした。寺山修司に心酔し、十代の頃より俳句を詠み、早稲田大学学生俳句研究会で活躍。卒業後は所属結社の「天為」「若狭」のみならず、平成二十六年(二〇一四)創刊の同人誌「のいず」でも評論やエッセーを発表し、次々と活動の場を広げていました。彼が残した句集は『革命前夜』一冊のみでしたが、そこに収められたのは二十代までの作品だったため、三十歳以降の作品は個々の俳誌で確認しなければならず、年月の経過とともに散逸してしまう恐れがありました。

澤田和弥さんという若き俳人がいたことを忘れないでほしいという気持ちが一致し、この度、村上鞆彦さん、杉原祐之さん、前北かおるさんといった、かつて和弥さんと学生俳句会で切磋琢磨した方々と共に、句文集を編集するに至りました。

「早大俳研」「天為」「若狭」「のいず」『革命前夜』、また「週刊俳句」などのｗｅｂサイトに発表していた俳句作品や随筆・評論、各賞への応募作品のうち公開されているものを収録しました。初学より年数を重ねる中で展開していった和弥さんの俳句の軌跡を確認していただきたく、二十代の作品の中には

『革命前夜』と重複する句もありましたが、敢えてそのまま掲載しました。一方、「第一回俳人協会新鋭評論賞」準賞作品および「第三回芝不器男俳句新人賞」への応募作品の二つについては、既にコピー等が入手できない状態になっており掲載を断念いたしました。また、ｗｅｂサイトに発表された書評やエッセーの一部も、ページ数の都合上、割愛いたしました。

「僕はもっと強くなりたい。十七音の詩型の中で、僕は僕であることを、そして今、ここに生きていることを表現していきたい。僕の句は僕自身にとって、常に奇跡でありたい」と、第一句集のあとがきで語った澤田和弥さんの作品は、四十代、五十代でどのように変わっていく未来があったのでしょうか。発表された当時は和弥さんと同年代だった私たちも、今後、年齢を重ねる中で彼の作品に対する「読み」が変わっていくのでしょうか。この度、機会があってこの句文集を手に取ってくださった方々に、和弥さんの俳句の世界に触れて興味を持っていただき、もし可能ならばこの本を「澤田和弥研究」の資料の一つにしてくださると幸いです。

出版にあたり、東京四季出版の西井洋子様、淺野昌規様、装幀家の髙林昭太様には大変お世話になりました。「天為」の天野小石前編集長、「のいず」の共同発行人であった髙井楚良様、原稿のチェックや初句索引作成のお手伝いをいただいた手銭誠さん、出版費用にと温かいご支援をお寄せくださいました沢山の方々、今回の出版のお許しをくださったご遺族の澤田吉延様には、格別に感謝を申しあげます。

令和六年九月　どうしようもなく空が青く澄んだ日に

初句索引

あ行

愛し合ふ　九〇
愛だけが　八一
相の手の　一一〇
赤き靴　一一〇
赤子抱く　三九
縣居大人の　八〇
赤富士を　一三三
上がり目下がり目　六八
秋入日　六三
秋うらら　二七
秋惜しむ　六八
秋風へ　六二
秋風や　二七
空缶に　一七
空缶の　五三
秋雨に　一三六
秋湿
　少年は巨軀　七九
　やうやく信号機　八四
秋澄むや　六二
秋立ちぬ　五八
秋の馬　五五
秋の田を　四一
秋の星　九四
秋晴の　七三
秋日和　一一八
秋めくや　二六・五八
秋夕焼　四五
握手をしませう　二七
明易し　五八
朝顔の
　咲くも伝ふる　四三
　左側には　四四
朝顔を　四四
朝寒の　一一八
朝寝とは　一一六
朝はまづ　六九
朝焼の　六二
足跡も　一一五
紫陽花は　一二三
汗流し　四八
遊ぶにも　五六
あたたかく　八一
あたたかや
　栞に神の　七一
　パパのお嫁に　一二二
厚揚げの　七二
アドリアの　七九
兄少し　三一
姉の喪の　五一
あの国は　五四
あの眼鏡　六八
アフリカや　五〇
あまたなる　一二三
尼寺の　一八・一〇二
網目より　二六
歩み遅き　五二
洗ひ髪　三八
或る蝌蚪は
　親分面をしてゐたり　一一九
　親分面をしてゐたる　六〇
歩く足　一一五
主なき　四〇
或るときは　一一〇
或る日電車　九二
或る人に　三一・五三
鮟鱇の　一〇三
アンテナは　一一二
暗転の　一一四
家出のすすめ　八二
胃から金魚　二四
イカロスに　六一
生ききるはずも　一二三
息苦しきまで　六五
息づきし　四八
行きつけの　四〇
生きてゐる　九六
生くる子が　一二七
居酒屋に　一〇五
いぢめられ　四五
椅子の背に　一〇九
泉あり　一〇一
威勢良き　七五

伊勢参　八一
板橋区　二二
傷みたる　八五
一月の　五九
一語もて　四四
いちじくや　一二四
一枚の　三〇
一枚は　六七
銀杏散る　四八
一切無常　一一六
一戦必勝　九四
一杯の　五二
一本の　一一九
いつまでも
　運動会に　一三一
　鉛筆削る　三一
　戦後終はらぬ　七七
稲妻を　七三
いにしへの　二七
犬蓼の　一三六
歪なる　一三八
いぼころり　六二
今すぐに　六〇
今迄は　一二五
忌野忌　七七・一二二
芋嵐　九〇
芋の秋　八八
色鳥や　一三一
インバネス　七五
胡散臭く　五〇
丑三つの　一二七
うすくうすく　九六
羅や　四三
薄氷や　一六・六〇・九七
うそ寒や　一三二
討ち死にを　一〇三
美しき　二二
腕通す　五六
宇野千代の　六六
海色の　二〇
梅が香よ　一二二
梅見ずに　七六
裏切りを　一三三
うららかな　一七・六〇
うららかに　一一六
うららかや　一〇六
雲水の　二八
運命と　八三
映画まだ　八〇
栄養の　一二四
A・Aと　二六
S極が　二三
江戸の世の　八九
絵本屋の　一三一
遠泳の　一二四
縁切らば　九四
炎暑の太陽　一二四
炎昼の　二四
炎帝に　六二
炎帝は　六七
炎帝や　五四
鉛筆の
　ほのかな甘み　三三
　文字次々と　六一
鉛筆は　二〇
桜桃忌　一三三
おーいと呼べば　一一七
大いなる　五八
狼と　一二六
大きく頬張る　七二
大空と　二七
大空や　一三六
車前草の　七二
大部屋の　七〇
沖海女の　六一
幼ナ子も　七二
教え子の　八九
お互ひに　二六
穏やかな　九二
落椿　一二二
落つること　一一三
男気の　六五・九七
男気も　七七
男勃ちて　四三
おばあが来たり　一九
をばさんが　二四
お花畑　一二四
朧月　一三〇
朧夜の
　一億人は　六一
　画鋲を抜けば　一〇七
思ひつき　五七
おもしろき　四九
親一匹　一七・一〇四
折りたたむ　二一・一〇二
恩師から　五六

女見る目なし　一一六

か行

母ちゃんの　一二四
カーテンより　一一五
会計に　六九
階段昇る　一七・五七
開帳の　一〇二
外套の　一二六
外套よ
　何も言はずに逝くんじや
ねえ　三一
　何も言はずに逝くんぢや
ねえ　九〇
蛙にも　一三八
貌鳥へ　八七
顔のなき　一三三
鏡へと　七三
書初は　九二
柿ひとつ　四四
革命が
　死語となりゆく　二〇・九七
　死語になりゆく　六一
革命前夜　七七
革命を　一一四
学問に　五一
隠れ里　四〇
陽炎越え来る　一〇八
陽炎の　一〇八
陽炎や　一〇五
過去全て　八三
風花に　四二
風花や　七五
火事消えて　一二六
賀状書く　五九
柏手を　一三一
数の子や　七〇
風死して　二四
風死すや　二四・五四
仮装では　一一〇
数へ日の　一二六
片蔭や　九一
語りはじむる　五八
カツサンド　六八
蝌蚪群れて　一一六
彼の人に　一二六
かの胸は　二三
蚊は死して　一二四
荷風忌の　一〇四
壁暑し　七三
神々の　七八
紙コップ　七六
神様の　一二三
神の声　一九
亀出でて　一一三
亀鳴くや　一一〇
亀鳴くを　七〇
カルナヴァル　一三三
カルメンの　一二三
枯枝が　三〇・六〇
枯園の　八〇
枯木道　四九
枯蔦に　四九
枯野越え　五二
ガレの燈や　五九
枯葉踏む　三〇・九四
枯柳　一三二
寒月の
　光我が身を　三九
　ほか何もなく　五五
寒月や
煙草のけむり　三九
　ともに呑まうぞ　三九
元日の
　ママン僕から　三一
　みがきあげたる　一〇三
眼前を　三〇
神田川　四〇
元旦の　一三七
元旦や　七〇
勘当の　五〇
寒灯は　一〇三
寒の夜の　一二七
寒晴や　三三
看板の　一一三
寒紅や　八一
寒夜のブルース　三三
甘藍を　一〇二
記紀に載らぬ　一九・五六
菊に黄花　七九
奇術師の　二六
帰省子に　一〇一
気遣ひの　三〇・五六
狐火は
　泉鏡花も　三二

関羽のやうに　八〇
喜怒哀楽　一〇四
茸飯　八四
木の匙で
　すくふ黄金の雲丹の山　一九
　すくふ黄金の海胆の山　四九
きみといふ　七六
きみの肛門は　一三一
伽羅蕗や　二一
キャラメルの　四九
休暇明　七九
休職に　一二六
行水の　一二三
教養と　一〇八
虚子の忌の
　一番風呂の　四一
　回転寿司の　一一七
虚子の忌や　一一〇
切干や　三三
キリン燃え　五〇
切凧に　一一一
金貨一枚　一〇一
金秋新宿　一三三
金秋の　二七
金秋や
　蝶の過ぎゆく　二八・六二
　眠き形に　二八
　眠き形の　五九
金秋を　二八
近所の枯野に　三〇
金ばかり　八七
緊縛の　八五
偶然に　一一七
草餅の　一一七
くせ強き　一一四
くたくたの　三一
唇に唇　五五
口下手な　五〇
靴下に　六三
首筋に　三八
熊楠と　六五
蜘蛛の囲に
　蜘蛛の屍　二六
　蜂特攻の　六七
　　まこと愚かに　二三
暗き過去より　五五
クリップが　一三〇
クレーの天使　六八
くれなゐの　一二六
クローバー　一三九
くろがねの　二六
黒に黒　五九
黒幕が　三・五七
薫風ほどけば　一〇八
薫風や　九一
猊下くつろぎて　一一五
啓蟄や　一二三
景品は　四九
劇場に　二四
夏至の母　五〇
気高さよ　五五
月光痛々し　二六
月光が　七四
月光に
　絹めく裸身　一三六
　吸はるる空の　七四
　蘇我一族の火を放つ　二七
　蘇我一族の末路かな　五九
月光の
　溢るるやうに　六三
　寒さ厳しく　三九
結婚を　二三
「けり」教へ　一三七
原罪と　二四
玄冬の　二九
源兵衛の　三三
憲法記念日　一九・四九
恋猫の　一七
恋人に　九四
恋人の
　得意料理の　五〇
　臍縦長に　一八
　をるもをらぬも　一〇七
恋文の　四〇
恋文を
　送りし後の　一一〇
　ノオトに挟む　一〇九
号泣の　一八・六〇
好色に　六五
孔子老子　一二四
香水を　二五
拘置所の　一六・四九
口中は　二三
鋼鉄の　八六
紅梅の　一三八
紅梅や　八六

黄落や　二八・九四
口論に　一三八
こえだめに　四三
氷水　七七
凍るもの　一〇四
子が板場　一一五
五月芳し　二一
五月のとんかつ
　からつと揚がりけり　二一
　からつと揚げにけり　五〇
ごきぶりの　七三
告知祭　一九
黒板に　一〇九
古酒ちびちび　一一八
古書店の　四一
コスモスは　四四
去年今年　六〇
東風吹くや　七〇
国境侵犯　八三
子づくりの　八二
小鼓は　八二
こと終へて　一二二
孤独には　四五
言霊の　三一
子どもらの
　競ひてのばす　三九
　ちんぽ輝く　二二
子に足を　二二
この蒼き　一〇四
この国に　一〇八
このなかに　一七
木の実持つ　一三一
子は跣足　一二四
小春日は　六九
辛夷咲く　一二二
こほろぎ鳴け鳴け　一二五
こめかみより　七二
濃山吹　一一三
子らそれぞれ　七二
孤塁より　五五
ゴルゴダの　一二五
これなれば　七八
これはみな　九六
殺す虫　九一
壊れてゐたる　一七・五二
金堂の　二六

さ行

サーバーに　六一
西行忌　四〇
歳時記を　四二
豺獣祭る　七九
賽銭の　一〇七
冴返る
　鬱も返りて　五六
五重塔の　一六・一〇四
小鉢の端に　七〇
永田洋子の　六五
ほどに逢ひたく　一三九
夜空に眠る　一一二
ラスプーチンの　一六・六〇
佐保姫が　一一七
佐保姫に　六五
佐保姫の
　髪の香りに　一八
　唇に人さし指　一〇四
　しととおぼしき　一三〇
佐保姫は　一八・一〇二
咲かぬといふ　一八・一〇〇
ざくざくと　三二
桜満ちて　八一
桜紅葉　七九
酒臭き　九三
酒尽きる　九〇
幸薄き　六三
さつと醤油　一一九
殺戮兵よ　一三〇
さて今日は
　サドの夜長を　一三二
　ビールにせむか　六一
里といふ　一一五
さびしさの　一一三
サフランや　一三二
五月雨や　一〇一
寒き寒き　六四
冴ゆる夜の　九〇
針魚食ふ　一二二
針魚を細く　一六
鱵を細く　一〇二
去りてゆく　五九
さはやかに　二五
三階は　一一〇
三月の　一〇六
三鬼忌の　八七
サングラス　五八

ざんざんと　一一一
サンタクロース　一二六
サンダルに　一二五
三陸に　八一
指圧師の　一〇八
しあはせな　三〇
幸せの　五八
視界から　七六
地下足袋の　七一
鹿の群　二八
鹿群れて　五五
子規知らぬ　二八
仕込まれて　五二
地芝居の　八四
辞書片手　四〇
辞書を手に　一六
シスレーの　一六
私生児の　四三
紫蘇の葉に　一〇一
舌先の　一一一
滴りて　一〇二
滴りや　五八
下萌や　一一七
下を向く　四三

七月の　七八・一二四
七人の　五一
七曜を　九五
失脚の　一〇一
失恋日　二五・三八
死に顔に　八五
死神に
　帰る家あり　一〇七
　妻子あるらむ　三三
死神の　一三〇
死に場所を　一二五
師の声の　八〇
死の死の死の　七八
死の床に　三一
四面飛花　一九
霜くすべ　一一七
霜月や　四八・九三
霜月を　二九
赤銅の　七三
写真二枚　六八
ジャムの瓶　一〇九
シャワー浴ぶ　六七
シャンシャンと　七二
十字架を　七二

修司忌の
　女獄舎に　一一四
　女裸身の　一一四
　黒目の白き　一二〇
　砂丘に落ちて　一一四
　修司の声を　六一
　錠剤もろく　一〇三
　旅立つ前の　一一三
　誰もが修司　一一四
　妻は手紙を　一〇〇
　眠られぬ夜の　一一四
　廃墟が僕の　一〇四
修司忌へ　一一一
修司忌や
　湖渡る間の　一〇四
　hを読まぬ　一二〇
　鉛筆書きの　一二〇
　切れたるままの　一二〇・六一
　深夜未明を　九六
　血もて村守る　一一四
　時計殺しは　一一四
　光の戻る　一一四
　瞳爛熟して　一一一
　火に包まるる　二〇・一〇〇

　ブエノスアイレス　一〇五
修司忌を
　ただ青空の　九六
　叩き割りたる　一一四
自由詩の　五〇
秋水や　二六
秋蟬が　七八
終戦忌
　あつけらかんの　五四
　傷あまたなる　一二五
秋蟬の
　声は希望か　七八
　孤独が群れて　七八
鞦韆の　一一六
秋蟬や　七八
鞦韆や　一〇九
終戦を　二五
絨緞の　六九
終電車　五三
秋天に　二七・九三
終点は　一三三
秋分の　二八・六二
住民は　一三〇
秋麗の　五九

秋麗や 一二七
朱夏そして 一二三
宿題の 四一
受験子と 一三七
朱を勁き 八七
春陰の 一一〇
春菊の 一〇七
春暁の 一〇八
春暁へ 七一
春暁や 一〇六
春愁の
　内はささ身の 六六
　メールに百度 一八
春愁は 一八
春愁や
　溢るるものは 九五
　絵本の中の 一一二
　吾が名を百度 一〇二
春宵の 一八・一〇二
春宵や 五七
春塵や 五三
春霜の 四九
春昼の 七六・一二二
春昼は
　シルクハットの 一〇六
　春の昼なり 一一六
春泥を 一〇九
春天や 七〇
春燈や 一一〇
春眠の 九五
春雷や
　きみのメールを 四〇
　幻覚に異形の 九五
　聖徳太子 一〇七
　胸の内にて 六一
じゆんわりと 一一八
上弦の 一二七
少女売る 一三一
小説に 七〇
小雪や 六三
焼酎や 五四
浄土より 一〇四
賞罰に 五三
声明の 五七
ショールまとひ 一二六
溽暑の缶より 一二四
徐々に徐々に 五六
女難の相 八三
白魚に 一一二
白露や 八四
知らぬ子に 二八
知らぬ子の 一二四
海霧やがて 七七・一二三
白き唇に 四八
白靴の 七三
白日傘 一一三
城やがて 一一五
深海の 一一七
新幹線 一二
信号機 七六
信号の 三一
震災忌 三八
深秋や 二八
新宿や 二四
新人に 一〇八
人生が 一三六
人造の 一一三
神像は 一六・六〇
シンバルの 二九
新聞に
　死の文字いくつ 一一一
　闇の多さよ 九四
新聞の 一〇六
新明解 四九・九三
新涼の 五五
新涼や 九一
新緑の 一一一
人類増殖す 九四
水泳帽
　金子兜太は 八三
　よりちくちくと 二四・一〇一
西瓜から 一二五
西瓜転がりて 一二五
西瓜二つ 七九
すいすいと 三八
水墨の 四一
水蜜桃 一三三
水門を 二九・五九
スカーフの 八一
隙間風 三三
助さんに 一二三
双六の 一三七
ずつしりと
　軽きレタスを 一九
　透けてをるなり 一三
捨子花 一三三

捨頭巾 一三三
ストーブ消し 三三
酢の物の 六四
すれ違ふ 九四
ずんべらずんべらと
　冬の川に板 一〇三
　冬の川を板 三三
精液を 一三〇
正義の味方 二三
井月に 一一五
聖樹には 一三七
青春の
　悔いに杭打つ 九四
　シュンの涙よ 六四
　眼もて逆らふ 一三七
精神病んで 一一六
生前の 二三
青年は
　泣いてこそ佳き 八五
　諸手にいだく 六六
生も死も 九六
青龍に 一三三
清和なり 一〇二
スエターの 一二七
セーターや 九三
世界地図 二七
惜春や 九五
咳一つ 四〇
セクシャラス 四三
ゼッケンに 一〇九
接吻しつつ 一八
節分の 三三
背に青野 六七
蟬たちの 二四
前科全て 九一
宣教師 二四
戦場に 九二
「先生」の 一三八
戦争を 一九・五七
船長の 二〇・一〇〇
前略の 一〇七
僧院の 六六
草原に 一一四
草原の 一二三
霜降の
　吸ひものに浮く 八〇
　廊下に女身 一二六
霜降や 二九・九七
荘厳や 一三三
早春の 一〇四
雑炊の 一〇四
漱石を 一〇六
爽籟や 一一八
素秋の 五八
卒業や
　壁に画鋲の 五三
　壁は画鋲の 一八
　手首の傷を 一二三
卒業を 一一〇
祖父板前
　父板前僕鎌鼬 三一
　父板前僕冬休 一〇六
祖母の訃は 七一
空いまも 一一五
空色の 二一・一〇〇
空隅々まで 六九
空に鉛筆 二五

た行

大寒の 一三三
大群の 九二
大航海 七一
大根の 三一
大正の 二五
大女優 九二
ダイニッポン 一〇四
ダイニホン 一九
台風が 六九
颱風直撃 七四
台風の 八四
台風や 二五
颱風を 八四
太陽を 一一一
大陸の 八八
タイル画に
　アドリアの海 一三三
　遠く富士見る 六七
高西風や 二九
鷹鳩と 八七
耕や 一八
多喜二忌や
　革命の灯は 一〇九
　バイト終はりて 四〇
滝の上に 六二
啄木忌 一九

竹馬の
　叔父が全く　一二六
　男そのまま　三三
筍や
　男はいつも　四二
　髪剃り初めて　四一
抱けば少年　七六・一三三
太宰忌の　五八
太宰忌や　二三・一〇二
タスケテタスケテと　八三
立ち止まる　八六
七夕に　四二
七夕や　四二
他人から　一〇七
種選ぶ　一〇五
種案山子　一三三
魂漏らさぬ　九五
たまに母　一一一
たまに人　八二
たらちねの　一〇三
ダリの画集　五四
誰ですか　九三
誰も居ぬ　四九
タロットに　一一四
たはむれに　三九
断崖に　一〇三
短日の
　診察室の　一三三
　指美しき　三一
短日や
　ハグも刺殺も　一二六
　旗を降ろせば　三〇
男娼の
　脚の毛を剃る　八九
　錆びたる毛抜き　二〇・一〇三
たんぽぽの　七六
地下鉄に　五一
力込めつゝ　一三三
父が指せば　八六
父少し　二八・九四
父の日の　三三
乳房の　三三
父無言　一〇一
地中より　一一七
血は川に　九五
チャイムなりけり　一〇一
卓袱台を　一七・一〇二
中高年　四四
中年の　一六
チューリップ　五六
寵姫ゐて　一八・五三
鳥葬の　一一一
腸詰めに　八五
蝶円き
　ビルに沿ひつゝ　一一三
　ビルに沿ひゆく　七六
長老が　二五・五五
地より手の　三三
沈没船　四五
追伸に　一〇〇
月影に　一一八
月が好き　一一八
月皓皓と　六四
月寒し　三九
次々と　一三三
次の人へ　一二六
月も星も　二六
月を背に　七九
土筆摘む
　父と初めて　一一九
　とき母悲します　一一九
角の無き鹿　四一
椿落ち　七六・一三三
椿落つ　九〇
椿拾ふ　一九・五六
夫の文　八七
摘みて煮て　一一九
つめながき　一六・六〇
梅雨明けの　二三・五一
梅雨いよいよ　一一三
梅雨激し　四三
連なりて　一三八
停車場は　五六
ディスイズアペン　一二五
泥酔の　八五
丁寧に　二六
テーブルに　一〇五
テーブルの　九六
でき婚に　四四
適当に　六四
手錠の手　八〇
鉄球が　二〇・一〇三
鉄骨錯綜
　大地に　一二六
　大地へ　七五
掌に胸の　一〇八

手袋に　二九・九一
手袋や　五九
手袋を　六〇
手を眺む　八四
手をのべて　一二三
田楽や　六一
天草採　一一一
天才に　五一
天井の　一一〇
転職サイト　八二
天高し　七三
天高々　一一八
点滴を　三一・五二
天網より　一〇七
トイレ磨いて　一二五
東欧に　七九
灯火親し
　死して詩人の　二八・九四
　友と分け合ふ　二七
東京に　二一
登高の　一三一
凍港や　三一・一〇七
冬帝は　五五
唐は三彩　七八

東北の　六二
冬眠を　一三二
冬麗や　八〇
蟷螂の
　鎌振り上げて　二四
　轢き殺されしを　二九・一〇三
遠く遠く　一七・四九・九七
遠すぎて　三八
蜥蜴の尾　一二四
時の日の　一〇一
時の日や　二一
時計こなごな　九五
時計塔　一一二
どこまでも
　青どこまでも　五三
　生くるクマムシ　六五
どこよりも　一一四
土佐水木　一三九
年明くや　六〇
年の暮　一三二
年迎ふ　三一
年守るや　五二
どち風に　一一一
嫁ぎきて　二九・一〇七

外つ国の　二〇
突如俗言　一三三
突如足下　九六
隣町の　七二
どの脚も　七三
どの海も　六七
とびおりて　二一・一〇一
どぶ板に　三一
とめどなく　六六
友が皆　五一
友の友　三一
ドライブの　一一一
トラックの　五一
とりあへず　三〇・九三
鳥雲に　一六・五三
鳥は帰るのか　一〇四
トルストイの忌や　四八・九三
どれもこれも　一三六
とろとろと　一一〇

な行

内科外科　二三
苗札を　八八

永き日の
　裸のままの　一八・一〇五
　わざと忘れし　一〇〇
長き夜の
　酒はほどほど　五九
　店主べろべろ　二七
長き夜や　七九
長靴は　一三三
仲わろき　六六
泣くための　七三
茄子漬や　三三
茄子焼けば　一二三
夏雲を　六八
夏木立　五〇
夏空の　五三
夏近し
　廓の跡の　一九・五四
　空に魂　一〇八
夏蝶は　一二四
夏の月　三八
夏の星　二三
夏の湯や　七二
夏果てて　二五
夏闇や　一〇二

夏逝きて　五一
夏用の　五〇
七月淋し　八三
何も言はず　一〇三
なにもかも　五六
何もかも　一九・五七
菜の花の　一三九
菜の花や　一三八
生唾も　六七
生ぬるき　四二
生ビール　四一
名も知らぬ　二九
業平忌　四二
南京豆　一三一
新妻の　二二・一〇一
二月の花嫁　一〇六
憎しみの　七五
肉声の　一〇八
逃げ水に　一〇八
逃水の　七一
虹消えて　五八
虹のぼる　三八
日本の　五二
二度ともう　四〇
入学の　一一六
女体すでに　七四
韮やはらかし　一一六
人間が　一二七
人間に　一三七
人参一本　八〇
縫ひ閉ぢられぬ　七七・一二三
労ひの　一三三
ネクタイの　一三六
猫は猫の　七五
寝転べば　五一
ねつとりと　一〇六
寝床にも　九六
ねむき眠りの　六八
眠くなる　一一六
眠る母に　二九・五二
眠る山　六四
年賀状　三九
ねんねこに　一二七
野遊の
　思ひ出もなく　一〇七
　やがて本気と　一三〇
残れるは　四三
のどかなり　一二二
のどけさの　一一一
宣長に　一三〇

は行

ハーメルンの　二〇・一〇〇
羽蟻潰す　一二三
廃屋に　二〇・一〇二
廃墟より　二八
灰皿より　二〇・五〇
「ハイ」といふ　六七
白菜の　八九
白菜は　六九
白秋や
　ごみの山より　四四
　廊下の果てに　六八
麦秋や
　火は文明の興亡を　六一
　火は文明の野に放ち　一九
薄暑光　八三
白帝は　四四
白梅は　一三三
白梅を　一三九
白髪の　八八
白鳳の
　ありやなしやと　一〇八
　ほとけの眉や　一八・五〇
箸割つて　一七・九七・一〇九
外せども　一〇〇
蓮の骨　八五
鯊釣の　一二五
パソコンを　八七
裸木に　一三七
裸にて　一二三
肌寒の　一三二
八月の　八三
はつあきや　二五
初恋の　六五
初暦　八八
初東雲　一三七
初蝶の　六五
初夏に　一〇五
はつなつの　八二
はつなつや　九六
初夏や　八八
はつなつを　八二
初日記　三一
初萩に　四五

初萩や
　生くとは土の　四五
　匂宮の　八四
初鳩に　八六
初花の　一七・六〇
初日の出　八〇
初富士仰ぐ　八六
はつふゆの　八五
初冬の　七四
初風呂の　一〇三
初雪や　三九
初夢に　七〇
初夢は　七五・一二六
初笑ひ　三九
パトカーが　一三六
鳩吹や　一二五
鳩群れて　一一一
花板の　一一〇
話し声
　聞く真夜中の　二三
　する真夜中の　五八
花種を　四〇
洟垂らし
　男の美学　三一
　「男の美学」　四二
花散りて　四〇
花ですから　一一六
花なずな　四一
花野とは　七九
花野ひとつ　八四
花の昼
　二足歩行の　八二
　窓開けたまま　四〇
花の夜の　一一三
花は常に　一一三
花冷の　一三八
花冷や
　薄墨の書の　一八
　血のみ残るる　一一〇
　日誌に潰す　一一五
　旗の大きく　九二
花満ちて　一一六
羽根つきの　三九
母がゐる　四四
母とわが　七五
母に管　八九
母の手に　二一
母の日に
　母の乳房を　八八
　母を想ひて　四三
母の日の　一〇一
母も子も　二五
葉牡丹が　一二七
葉牡丹や　三三
浜名湖の　四八
浜松に　七一
薔薇色に　四二
ばら色の　八一
腹黒き　八六
薔薇に掛けたる　一一三
はらはらと　一一一
春浅き　一一一
春惜しむ
　「I LOVE YOU」　七七・一一三
　人無きエスカレーターに　一〇八
　振ればカラカラ　一一一
　本を売りゆく　一〇八
　われを惜しまぬ　九六
春風と　九五
春風や　一一二
春風を　一七・五七
春川の　五三
春北風や　一一二
春暮るる
　釘にとめたる　九六
　腹話術師の　一〇八
春此処に　七一
春寒し　五七
春寒の　一一三
春雨や
　蕊ふる宵の　五七
　刃先ひとまづ　一一二
　鳩のおちたつ　一〇七
　蜜沈みゆく　一七・五〇
春雨を　七一
春霜の　一六
春空の　七一
春近し
　バツに半泣き　一三七
　闇の向かうの　七六
春の海　一〇五
春の田に　一三〇
春の蝿　九五
春の果　一〇六
春の日を　七一

春の湯や　四三
春の夜の
　カフェオレふうふう　一〇九
　神隠しまたは　五三
　二の腕やけ　六六
　外れしネジは　九五
春の夜　一七
春は曙　七七
春疾風　九五
春めきて　一一七
春めくや　一一一
春夕焼
　兄の横顔　一三八
　骨壺のごと　一一三
　文藝上の　一一五
ハロウィンの　八五
晩夏光　一二四
ハンカチ一枚　二二
ハンカチに　二三
ハンカチや　五八
晩夏バラモン　六八
万巻の　四八
晩秋や
　議事堂前を　九一
　遂に治らず　五五
晩春の　六六
半島に　一六・六〇
万物に　八一・二一五
半裸にて　一一七
日脚伸ぶ　一三八
ビール酌まむ　八三
ビール飲む　六二
ビール呑む　七七
麦酒呑む　一二三
ピエタより　一〇四
光あれ　四五
光堂　六二
彼岸会や　一一三
彼岸花　四八
ひさかたの　八四
日盛や　二四
左見て　一七
ビックリ箱　六七
必要な　一三六
ひとが来て　一三六
人去りて　六五
ひとつづつ　一一三
人の目に　七四
一回り　一〇九
一文字の　五三
独り身の　二八
泌尿器科　一〇五
火の島の　一〇二
響きゆく　一一四
秘密など　六二
百畳の　二五・五四
冷麦の　二四
冷やかに　二八
ひややかや　五一
冷やかや　二八
病室の　八九
病室を　一二六
表象と　二三
病床の　七五
病棟に　六四
氷瀑や　一二七
ひよんの笛　二三
比良八荒　四九
飛龍頭の　一〇三
昼顔を　一三三
昼寝覚　四二
昼寝して　五八
昼寝より　五八
昼は子に　一〇五
卑猥なる　四三
風船に　九一
風船の
　黄色く死んで　八一
　割れしが雨の　一〇九
風船を　一七
風葬や　一〇五
ふうふうと　五六
プール嫌ひ　二三
深々と　一一一
蕗の花　一三八
蕗味噌や　一〇七
復職は　一一六
ふくべにまたがる　一三三
ふくよかな　五六
藤盛り　五七
藤袴　七九
二人ゐて　六四
ふつくらと　三九
仏身の　九〇
蒲団とは　八六
蒲団より　三〇

踏みつぶされし　三八
踏む蟻や　六七
冬終る　八一
冬ざれや
　演者は不意に　三〇
　口の温度に　三〇
冬珊瑚　七四
冬空に　三九
冬立つや　一〇七
ふゆの川　三〇・九三
冬の浜　三八
冬の日に　六三
冬の夜の　三〇
冬の雷　三八
冬蝿を　二九
冬薔薇や　六九
冬晴や　六九
冬帽の　一三七
冬めくや
　演者ひそりと　五六
　母がきちんと　二九・五五
　理容室あしなが　三〇
冬夕焼
　理容室より　一〇七

　一人は二人　一三六
　燃え尽きぬまま　三三
ふらここに　一〇六
ふらここや
　〝オトナ〟になりし　四一
　肉親よりも　一一三
フラスコに　一〇六
ぶらぶらと　一〇五
ふらんどの　一一七
古き恋　五一
旧き良き　八八
故郷の
　桜の香せり　三八
　桜の香なり　一六
触れたれば　八七
文士二合　九二
紛争の　二三・四二
分度器に　六七
文法を　四五
平凡の
　凡が涼しき顔したり　二二
　凡が涼しき顔したる　九〇
ペコちゃんは　一三一
ぺつぴょんと　一〇六

へなへなに　一〇一
紅萩や　八四
紅蒲団　四三
蛇穴を
　出でて忘れし　一〇四
　出で馬鹿馬鹿しく　一七・一〇〇
放屁虫の　一三一
ペンキまみれなる　一二五
便所より　二五
放課後の
　教師種芋選りてをり　一〇二
　教師種芋選りにけり　一一八
方言に　三九
放尿の　一三〇
豊年や　一三一
法隆寺　四〇
頬被　一二六
墨東に　一一六
母国いま　一二六
干首の　一三六
星飛ぶや　六三
星ひとつ　三一
暮春の待針に　一三〇

ポスターは　五二
細き煙草　一七・一〇五
螢烏賊　一一六
ホラ吹きが　六一
ぼろぼろに　一〇九
ポンポンの　一一八
本来は　二一

ま行

真新しき　八〇
舞姫の　一三二
枕辺に　一〇九
鮪捌かれ　一〇四
魔女と書けば　一一三
マスクから　一三二
貧しさに　一〇〇
また誰か　一二五
また一人　九一
真つ白に　一三〇
真つ白や　二六
松茸を
　入れ忘れたる　一二五
　食ひしつもりの　二七

マッシュルームと　二七
祭終へ　九六
マネキンの
　一糸まとはぬ　九四
　乳房小さし　二七
マフラーは　三一
マフラーを　三一
ママ今日の　一一八
豆飯や　七七
魔羅振れど　七四
丸ばかり　一三七
満月に　一三一
満月の　二六
満月や
　止まらぬものに　四四
　人形に刺す　一二五
饅頭に　九三
マンドリン　三三
満腹まで　五四
万葉の　六二
見えぬ目に　一一三
右攻めし　一〇四
右見たり　五二
水草生ふ
　母つよき人　一一九
　母強き人　一〇五
短夜の
　千手に千の　七二
　チェコの童話に　二一
短夜を　五〇
水着の子　二四・五四
水澄むや　九四
水に還る　一一〇
水のなかを　六六
水番の　一〇五
味噌汁の　一六・五二
道長の　四五
道の端の　五一
みつば浮かべ　一〇六
密漁の　二三
未読書の　六〇
南座の　五九
身に沁むや
　椅子に真白き　五五
　真白き布を　二八
身に入むや　四四
みほとけの　一三〇
耳の裏　一一五
見向きもされず　一九
見むきもされず　五七
都鳥　七四
見よ見よと　三三
昔見し　四一
蒸鰈　一一三
むすばれて　六六
結び手に　四一
無銭無職や　一〇〇
村上龍　二七
むらさきの　五四
室咲や　四九
冥界の　七三
名月は　七四
メイド・イン　一二七
メール消し　八九
眼鏡から　一一六
眼鏡して　五七
飯粒は　八四
目玉焼き　六九
メッセージ性　一一七
目つむれば　一一五
芽柳や
　喫煙権を　一一七
　姫の墓石の　五三
もうすでに　一一五
もう誰も　四八
毛布一枚　七五・一二七
孟母には　六一
まうまうと　一〇七
盲目の　四八
海雲渾然　一一三
黙契の　六四

や行

やい鬱め　一一六
焼いて煮て　九〇
薬罐ごと　一〇九
焼鳥や　六四
薬師寺の　四八
焼跡より　二三
やさしさは　三二
寄居虫が　一一〇
柳川鍋　一三一
柳見て　一〇五
山寺に　三九
山笑ひけり　一三〇

山笑ふ
　彼方にしづかなる　一三〇
　墓三基のみ　一三〇
病みてなほ　九六
闇深き　四一
やや薄き　一〇八
弥生尽　一一七
夕涼の　六二
夕立に　三三・一〇一
夕立や　八八
夕日より　四二
夕陽より　一〇一
夕焼に　二四・五四
幽霊と　二四
雪の夜　三九
雪虫や　一一三
雪割や　一一二
行く秋の
　麻婆豆腐　六三・九七
　ゆるやかに来る　二九
逝く春の　一〇八
夕立風　一二一
ゆでたての　一〇一
湯豆腐や　一三八
ユトリロの　一〇六
指先に　九三
夢どこまでも　一一一
夢に金魚　一二四
ゆるやかに　一二六
酔ひ醒めて　八五
酔ひ覚めの　四一
酔ひたるゆゑ　五一
養花天　一一五
陽春や　一八・五六
酔うてゐる　七二
よく当たる　一一三
預言者の　二〇・一〇〇
横文字を　五九
寄鍋の　五九
よその子が　一一六
夜長のピエロに　一二五
夜の秋や　五四
夜の秋を　六八
夜の雲の　八九
夜の更けし　三九
四葩浮かべり　五七
昨夜よりも　三〇・一〇三
読初や　七五
夜の秋　一二四
喜びは　一〇七
喜びも　五二

ら行

落涙と　一二六
ラブレターと　四二
利一忌の　四八
利休忌や　四一
立夏さて　八二
立秋の　六二
立秋や　二五
立冬の　一三六
流星に　一二七
流星や
　一人称の　三八
　真実を告ぐ　五九
　百年経つたら　一二五
　へにやんと曲がる　二六
龍天に　八六
涼新た　六八
両替の　六四
涼風に　一三
良夜の妊婦　一一八
療養に　九五
隣人の　六三
霊犬の　一三三
冷酒汲む　八三
冷蔵庫に　一三一
礼だけで　八〇
レイバウなまぬるし
　ましろき　七八
　ましろし　一二四
レース着て　五四
歴史家の　一六・五三
レシートの　一三三
劣情を　一一七
列島を　三〇・九三
列なして　一二四
檸檬一つ　一二五
恋愛に　三三・五二
連山に　七一
老教師　二八
老女一人　八九
老人病棟　一〇五
労働歌　八三
六角の

グラスにそぐ　五四
グラスに注ぐ　二五
六本木　一〇二

わ行

わが居場所　八五
わが春灯　九五
わが尻の　七五
我輩は　一〇一
若葉風
死もまた文学　二一・五七・九七
翼は巣立つ　八二
わが部屋は　九五
わが胸を　六九
わが家にも　三三
我が家にも　五五
脇役を　九二
病葉を　一〇二
若人の　四五
山葵田に　七〇
わだつみの　一一〇
笑ひ方　九六
悪口の　二三
吾に人の　八六
吾も亦　七六

特に厚く御支援いただいた方々（敬称略・五十音順）

青山酔鳴　秋谷美春　芥　ゆかり　伊賀和子　五十嵐義知　生駒大祐
市川康子　上野犀行　卯月紫乃　江原　文　大高霧海　大西　朋
大屋達治　小川　洋　小栗洋慶　小野（中村）円　梶　倶認　加藤やえ子
草野　晋　小楠知佳子　小林鮎美　西原天気　阪西敦子　佐藤文香
佐怒賀直美　しなだしん　十一　杉　美春　染葉三枝子　髙田祥聖
竹内郁雄　谷　雄介　種谷良二　月城美紀　津久井健之　対馬康子
手銭　誠　寺田友一　天為静岡県支部浜松句会　天為松山支部　新倉百恵
西村我尼吾　西脇はま子　花井和夫　日下野由季　日原　傳　平　野の泉
福永法弘　松本てふこ　松本佳子　宮代麻子　村越　敦　端木エイシ
森賀まり　山田浩司・紗衣枝　山田　学　和久田隆子

澤田和弥（さわだ・かずや）

1980 年、静岡県浜松市生まれ。
県立浜松北高校より寺山修司へ憧れ早稲田大学第一文学部に入学。
2006 年　「天為」入会。
2010 年　「天為」同人。
2013 年　「天為」新人賞。
2013 年　第一句集『革命前夜』（邑書林）を上梓。
2014 年　「俳人協会第一回新鋭評論賞」準賞。
2014 年　「天為　平成二十六年作品コンクール」にて「随想」第一席。
2014 年 9 月　浜松にて高井楚良らと同人誌「のいず」創刊。
2015 年 1 月　『若狭』創刊に参加。
2015 年 5 月 9 日死去、享年 36。

『澤田和弥句文集』出版発起人

村上　鞆彦
杉原　祐之
前北かおる
渡部有紀子

澤田和弥句文集　さわだかずや　くぶんしゅう

二〇二四年十月十七日　第一刷発行

著　者◉澤田和弥
発行人◉西井洋子
発行所◉株式会社東京四季出版
〒189-0013 東京都東村山市栄町二―二二―二八
電　話　〇四二―三九九―二一八〇
ＦＡＸ　〇四二―三九九―二一八一
shikibook@tokyoshiki.co.jp
https://tokyoshiki.co.jp/

定価はカバーに表示してあります。

印刷・製本◉株式会社シナノ

ISBN978-4-8129-1032-0